# 目次

## エリート海上自衛官は一途に彼女を愛しすぎている

# エリート海上自衛官は
# 一途に彼女を愛しすぎている

# 第一章

　みなとみらい駅から直通のショッピングモールを抜けて外へ出た私は、真夏の空の眩《まぶ》しさに、一瞬目を細めた。

　燦燦《さんさん》と降り注ぐ日差《ひざ》し、抜けるような青い空、右手に見える遊園地の大観覧車。そして少し歩くと建物の向こうに、海が見えた。

「わー、海見るの久しぶり」

　うだるような不快な暑ささえ一瞬忘れて、胸が弾《はず》む。思わずそのまま海岸に向かって歩いていきたくなるが、私は本来の目的を思い出してバッグからスマートフォンを取り出した。

　受付の終了時間が十分後に迫っていることに気付いて、小さく「やばっ」と呟《つぶや》いて小走りで走り出す。目的地はこの近くにある、とあるレストラン。

　せっかくお洒落《しゃれ》に整えてきた髪が崩れないように気をつけながら、私は青い青い空の下を駆《か》けていった。

――二週間前。

女性向けメディアサイト『ヴァリエタース』のライターである私・三宅青藍《みやけせいら》は、担当する『婚活のススメ』コーナーのネタ切れに頭を抱《かか》えていた。

入社と同時にこのコーナーを任されて四年、数多《あまた》の婚活パーティーを紹介し、取材し、ときには体当たりの潜入ルポもやってきたけれど、さすがにもう書くことも尽きてきた。

「マンネリだけど、またどこかの大手婚活イベントでも取材に行こうかな」

自分のデスクで頬杖《ほおづえ》をつきながら呟いた私に、「ねえねえ三宅ちゃん。これって面《おも》白《しろ》くない？」と声をかけてきたのは隣のデスクの島谷《しまたに》さんだった。

「……国防男子《こくぼう》？　なんです、それ？」

島谷さんの差し出してきたスマートフォンに表示されていた記事を見て、私は目をパチクリさせる。

『今、国防男子が熱い！』と書かれた太字の下には、やたらと耽美《たんび》な顔立ちの警察官と消防士と迷彩《めいさい》服の男性のイラストが描かれていた。

「国を守るお仕事をしてる男性のことだって。警察官、消防士、それに自衛官。頼もしくって逞《たくま》しくって、それになんといっても不景気に左右されない国家公務員。今、結婚相手として人気がうなぎのぼりなんだってさ～」

島谷さんの説明を聞いて、思わず「へ～」と感心した声が出てしまった。

婚活を扱って早《は》や四年。国防男子なんて言葉も、彼らが人気だってことも初耳だ。

「三宅ちゃん、どうせ今月もネタに困ってるんでしょ？　どう？　新鮮なネタじゃない？」

そう言って島谷さんが唇《くちびる》をにっこりと持ち上げたとき。

「いいじゃないの、三宅。これは久々に体当たり企画ね」

編集長の井出《いで》さんが私たちの後ろからひょっこり顔を覗《のぞ》かせてきた。

「えーっ、また潜入ルポですかぁ？」

思わず情《なさ》けない声を出して振り返ると、井出さんは背筋を伸ばしてから「情報を書き連ねるだけなら今の時代、素人《しろうと》だって出来るのよ。ライターなら現場に足を踏み入れて臨場《りんじょう》感のある記事を書きなさい」と説得力のある言葉を残して、自分のデスクへと去っていった。

潜入ルポは苦手だ。みんな真剣に結婚相手を探しに来てる場に取材目的で潜り込むのは、罪悪《ざいあく》感が半端《はんぱ》ない。井出さんは「ついでに結婚相手を探して来てもいいのよ」なんて軽々しく言うけれど、こちらは取材とバレないかヒヤヒヤしてそれどころじゃないのに。

「やだな～」とデスクに突《つ》っ伏《ぷ》した私は、ため息をひとつ吐いてから体を起こす。そして「まあ、いいや！　仕事仕事！」と自分に発破《はっぱ》をかけると、さっそく『国防男子婚活』のキーワードをパソコンに打ち込んだ。

そんな私の姿を見て、「相変わらずタフだね。三宅ちゃんは」と笑って島谷さんは自分のデスクに戻っていった。


そんないきさつで、本日私は『国防男子』の婚活パーティーに向かっている。

会場は横浜《よこはま》にある高層ビル内のレストラン。窓から海が一望できるのが売りだそうだ。サンセットの時間は特に絶景らしい。料理も評判が良く、普段はセレブなお客様御用達《ごようたし》となっている。

高級なのは会場だけではない。今回のパーティーは参加者も皆、厳選された人たちなのだ。その名も『エリート国防マン限定・ロマンチック婚活パーティー』！

企画を決めたあと潜入先を探していた私は、このセレブ感あふれるパーティーに目を留《と》めた。ホームページの説明によると、参加する男性は警察ならキャリアの警視《けいし》以上、消防士なら中級幹部《かんぶ》以上、自衛隊員なら士官以上と、その職のエリートであるという条件が付けられている。

どうせ取材するなら、新人や若手よりその道のエリートの方が絶対面白い。そう考えた私は潜入先をここに決め、参加者として申し込んだ。そして運よく高い倍率の中から選ばれ、今日のパーティーに参加する運びとなったのだ。

なんとか遅刻せず会場に辿《たど》りつけた私は受付を済ませると、室内に入る前にメイクを直すためパウダールームへと向かった。

鏡に映る私は、いつもより張り切ってお洒落をしている。普段はワークカジュアルスタイルが定番だけど、今日はおしとやかにシャーベットカラーのワンピースなんか着ちゃってる。髪だっていつもは無難《ぶなん》にサイドでまとめて括《くく》っているのに、今日はコテでウエーブ巻きにしてきた。

潜入ルポのコツは、参加者になりきることだ。今日の私はどこからどう見ても、結婚相手を探しに来た婚活女子に見えるはず。

汗で少し乱れたおでこのメイクを直してから、私はいよいよ会場へと向かった。少し緊張している。

中へ入ると、レストランはパーティー仕様《しよう》になっていた。広い室内の前方に司会用の檀《だん》が作られており、一対一で喋《しゃべ》る用の向かい合った椅子《いす》も用意されている。後ろにあるテーブルには、そのうちバイキング式に料理が並ぶのだろう。

参加者は男女合わせて四十人。規模としては中くらいだ。

会場をさりげなく見回すと、男性は年齢層がやや高めのように見えた。やはりある程度上の階級に就《つ》くということは、年齢もそれなりに重ねているようだ。三十代と四十代の人が多そうで、もしかしたら五十代かも？　と思われる人もいた。

それに対して女性は二十代が中心っぽい。婚活市場に若年層の女性が年々増加していることはデータで知っていたけれど、それを肌でヒシヒシと感じる。

記事の参考にしようとしげしげと会場を眺《なが》めていると、ふとひとりの男性の後ろ姿が目に留まった。

集団にいても目立つ長身。百八十センチは優に超えていそう。カーキ色の細身のパンツに夏用のブルーグレーのジャケットと服装は普通だけど、スラリと伸びた長い脚《あし》と、体幹《たいかん》のしっかりした美しい立ち姿が、やけに私の目を引いた。

顔が見たいなと思って彼に注目していたけれど、残念ながら私の熱い視線に気づきそうにない。まあ、いいや。どうせ嫌《いや》でもあとで顔を見ることになるんだし。

受付で配られたプロフィールカードを書いていると、やがて司会者の挨拶《あいさつ》でパーティーが始まった。

まずは一対一の自己紹介タイム。ずらりと並んだ椅子に男性と向かい合って座り、プロフィールカードを交換して簡単な自己紹介をしていく。持ち時間はひとりあたり五分。大体《だいたい》はどこの婚活パーティーでも行われる定番の流れだ。婚活パーティーへの潜入ルポもこれで数回目なので、その辺は難《なん》なくこなせる。

男性側はやっぱり年齢層が少し高めで、三十代後半から四十代がほとんどだった。もちろん職業は、警察、消防士、自衛官。提示してあった条件通《どお》り、皆エリート国家公務員だ。

そのせいか、話してみると落ち着いたしっかりした印象の人が多かった。身なりもきちんとしている。婚活パーティーに頼《たよ》らなくても余裕でパートナーを見つけられそうと思ったけれど、皆一様《いちよう》に口にするのは「出会いがない」ということだった。

そうして三十分ほど過ぎた頃。

「どうも」とぶっきらぼうな挨拶と共に正面の席に座った男性を見て、私は心の中で「あ！」と小さく声をあげた。

間隔の狭い席では窮屈《きゅうくつ》そうな長い脚、背筋の伸びた綺麗《きれい》な姿勢。さっき後ろ姿に目を奪われた彼だ。

「堤涼太《つつみりょうた》。三十三歳です。……海上自衛官です」

そう言ってプロフィールカードを差し出してきた彼は、スタイルだけでなく顔も美しかった。凛々《りり》しいけれど暑苦しくない眉《まゆ》、筆を引いたように綺麗なラインの二重《ふたえ》の目。瞳《ひとみ》の色は少しだけ色素が薄く、焦げ茶色をしている。鼻筋《はなすじ》も輪郭《りんかく》も整っていて、引き結んだ口もとからはとても真面目《まじめ》そうな印象を受けるのに、唇の下にあるほくろがたまらない色気《いろけ》を匂《にお》わせていた。

七三に分けた前髪をアップバングにしたミディアムヘアーは大人っぽくて、彼の端《たん》正《せい》な顔立ちを温和な紳士《しんし》に見せている。

はっきりいって容姿《ようし》はこの会場の中で一番だと思った。しかもプロフィールカードによると、彼は防衛大卒の三等海佐《さんとうかいさ》。今日のために下調べした情報によると、三十三歳で三佐《さんさ》はたしか最年少コースの超エリートだ。フリータイムはきっと彼に女性が集中するに違いない。

――しかし。

「海上自衛官ってことは、船に乗ってるんですね」

「ええ」

「普段から船に乗ってるんですか？」

「ええ」

「ずっと船にいると陸が恋しくなりません？」

「……まあ」

彼は――堤さんは、驚くほど会話が弾まなかった。

私から話を振っても返ってくるのは「ええ」とか「まあ」とか短い相槌《あいづち》のみ。それなのに彼の方からは話も振って来なければ質問もない。しかも彼は五分間のあいだ、一度もニコリともしなかったのだ。

もしかして私、この人に嫌われているんだろうかと思ったけれど、次の相手をチラ見してみると同じようなやりとりをしていたので、あれが堤さんのデフォルトのようだ。

そうしてやってきたフリータイム。

参加者の中で圧倒的イケメンの堤さんは、予想通り大勢の女性から声をかけられていた。けれど彼は時折ぎこちなく笑うだけでほとんどしゃべらず、その状況を楽しんでいるように見えない。むしろ、女性たちの猛《もう》アタックにたじろいで困り果てているようにさえ見えた。

堤さんって滅茶苦茶《めちゃくちゃ》モテそうな容姿とスペックなのに、あまり女性慣れしていないのだろうか。というか、あんな調子でちゃんと誰かとカップルになれるのだろうか。

そんなおせっかいなことを考えながら堤さんに注目していた私はハッと自分の本分《ほんぶん》を思い出し、他の参加者から話を聞こうと集団に向かって歩き出そうとした。そのとき。

「……っ、いたた……」

左足の踵《かかと》に痛みを感じて、思わず顔をしかめた。

久々に履《は》いたおめかし用のピンヒールのサンダル。バックストラップがこすれて靴《くつ》擦《ず》れすることをすっかり忘れていた。

このまま放っておいたら血が滲《にじ》んできてしまうと思い、私は絆創膏《ばんそうこう》を貼《は》るために会場を出てパウダールームへと向かうことにした。……しかし。

「うわ、最悪」

こんなときに限ってバッグに絆創膏が入っていないことに気付き、パウダールームの鏡の前で大きくため息をつく。ついていない。

ビルを出て近くのコンビニエンスストアまで絆創膏を買いに行くか迷ったけれど、やめた。時間がもったいないし、パーティー中はさほど歩き回ることもない。おとなしくしていれば、酷《ひど》く悪化することはないだろう。

気を取り直してパウダールームを出た私は、痛む左足を刺激《しげき》しないようにいつもより小股《こまた》で歩く。

するとと、会場のレストランに戻る廊下《ろうか》で意外な人物の姿を見つけた。

「あれ、堤さん？」

もしかして女性たちからの猛アタックに耐えきれず会場を抜け出してきたとか？

なんてちょっと意地悪《いじわる》なことを思ったけれど、どうやら違うみたいだ。キョロキョロして、誰かを探しているように見える。

すると堤さんは前方にいた私の姿を見つけ、「あ」と小さく呟くように口を開くとまっすぐこちらへ歩いてきた。……もしかして私を探してた？

「え？　な、何か御用《ごよう》ですか？」

いきなり正面に立たれ、驚いて思わずこちらから尋《たず》ねてしまう。

堤さんはやけに神妙《しんみょう》な面持《おもも》ちで口もとに手をあてると、「あの……」と少し戸惑《とまど》うように話しかけてきた。

「もしかしたら足、怪我《けが》してませんか？」

「え？」

思いも寄《よ》らぬことを聞かれて、私は目を丸くする。

「よかったら、これ」

そう言って絆創膏を差し出してきた堤さんを、私はポカンとして見つめ返すばかりだ。

「あ、ありがとうございます」

絆創膏を受けとると、堤さんは微《かす》かに口角《こうかく》を上げてからさっさと背を向けた。颯爽《さっそう》と去っていこうとするその背を、私は思わず大きな声で呼び止める。

「待って！　えっと……、よかったら少しお話しません？」

とびきりのイケメンなのにとんでもなく不愛想《ぶあいそう》で無口。それなのに妙なところで親切で。

目の前の変わり者に、私の好奇心《こうきしん》が胸の中でムクムクと膨《ふく》らんでいく。

「……よろこんで」

振り返り、照《て》れたようにはにかんで微笑《ほほえ》んだその顔は、彼の純朴《じゅんぼく》な人柄《ひとがら》を私に伝えるのに十分だった。

会場に戻らず手近なベンチに腰《こし》を下ろして、私たちは話をした。

「会場に入ってきたときから歩き方が少し変だったから、気になってたんです」

どうして私の靴擦れに気づいたのかと尋ねたところ、堤さんはそう答えた。自分でも痛みが強くなるまでは無自覚だったのに、彼の観察眼《かんさつがん》に驚く。

「すごいですね。それって職業柄ですか？」

何の気なしに聞いてみると、彼は口を噤んでしまった。それから悩《なや》ましそうに、

「そう……かもしれません。海の上では些細《ささい》な変化にも気を配らなくてはならないから」と、大真面目に答えた。

それを聞いて思わず噴《ふ》き出《だ》してしまった私は悪くないと思う。

「海って……！　私の靴擦れは海と同レベルですか？」

不躾《ぶしつけ》だとわかっていても笑いが止まらないでいると、堤さんは自分の口もとを手で覆《おお》い「そういうわけじゃ……」とモゴモゴ言ってから、自分もおかしそうに目を細めた。

「航海士《こうかいし》さん？　でしたっけ」

「護衛艦《ごえいかん》『すいてん』の航海長を務めています。第二分隊……要《よう》は、艦を動かすことに関する仕事を取りまとめています」

「ずーっと前、十年以上前ですけど、青森《あおもり》の海で自衛隊の船を見たことがあります。とっても大きいなって思って。あんな大きい船を動かすなんて、すごい仕事ですね」

「青森だと大湊《おおみなと》ですね。艦の大きさも色々《いろいろ》なので一概《いちがい》には言えないですが……」

そこまで話して、堤さんはふと言葉を切った。彼の視線は、絆創膏の袋を開こうとしている私の手に留められている。

どうしたんだろうと不思議《ふしぎ》に思っていると、堤さんは「すみません、気づかなくて」と言い残しベンチから立ち上がってどこかへ行ってしまった。そしてポカンとしているうちにすぐに戻って来ると、なんとベンチに座っている私の前に跪《ひざまず》いた。

「脱《ぬ》がしますよ」

「え？　え？」

何がなんだかわからず混乱している私に構《かま》わず、堤さんはテキパキと左足のサンダルを脱がせた。跪いた自分の腿《もも》の上に私の足を乗せ、さっき濡《ぬ》らしてきたと思われるハンカチで踵の汚れを拭《ぬぐ》う。

「応急処置なので今は絆創膏だけですが、出来れば上からテーピングして覆った方がいいです。踵の絆創膏ははがれやすいので」

説明しながら堤さんは丁寧《ていねい》に私の踵に絆創膏を貼った。そして「これでよし」と呟くと顔を上げて、ようやく私の顔が赤く染まっていることに気付いた。

今日は暑い。足の裏にもしっかり汗をかいたし、つま先の出ているサンダルなので埃《ほこり》や砂もまとわりついていたことだろう。そんな足の裏を初対面の男性に見られ、さわられた恥ずかしさと、スカートの中が見えてしまいそうな今の位置関係に、私の顔は羞恥《しゅうち》と困惑《こんわく》に染まっていた。

「すみません、勝手なことをして」

堤さんは慌《あわ》てた様子で立ち上がると、手にサンダルを持ったままだということに気が付いて、戸惑ったように両手でそれを差し出してきた。

長身のイケメンがばつが悪そうにサンダルを丁寧に差し出してくる姿がおかしくて、私はまたしても笑いを零《こぼ》してしまう。

「いいえ、助かりました。ありがとうございます」

恥ずかしい気持ちは拭えないけれど、私以上に戸惑っている彼の姿を見たら、怒ったり責めたりする気持ちはいっさい湧《わ》いてこなかった。

サンダルを受けとってポンポンと隣の席を叩くと、堤さんは咳《せき》ばらいをひとつしてからベンチに腰を下ろし直した。その横顔は、赤く染まっている。

「……恥ずかしい話ですが、女性と接することにあまり慣れていなくて」

大きな手で口もとを覆いながら話す彼の言葉に、私は内心（見ればわかります！）と大きく頷《うなず》きながら、「そうなんですか」と控《ひか》えめに微笑んだ。

「大学も職場も圧倒的に男が多い環境だったもので……」

確か自衛隊の女性隊員の割合は七パーセント程度だった。海上自衛隊は女性の割合が一番高いけれど、それでも一割に満たないほどだ。今日のために下調べした資料に書いてあったことを思い出し、私はウンウンと相槌を打つ。

「それで、出会いを求めて婚活パーティーに来たわけですよね」

国防男子は職場の女性割合が低いため、とにかく出会いがない。だからこそこういった婚活企画が催《もよお》されたりしているのだ。

しかし堤さんは「出会い……」と小さく呟くと、何やら真剣な面持ちで考え込んでしまった。さっきもそうだったけれど、彼はたわいない会話でもその場のノリで答えることをしない。真面目なんだなあと、しみじみ感じる。

「実はこういった催しに参加するのは初めてなんです。出会いがない以前に、この仕事はとにかく忙しいですから。今まで結婚なんて考える余裕もなかった。けど、指揮《しき》幕僚《ばくりょう》課程を修了して三佐になってようやく少しホッとしたときに、上司と同僚から結婚を強く勧められて。……婚活パーティーに来ておきながら失礼だとは思うけれど、正直ピンときていなかったんです。初対面の女性と結婚を前提にどんな会話をしていいかもわからないし、そもそも自分が結婚して誰かと人生を歩むなんて想像できなくって」

素直に吐露《とろ》した横顔は真剣そのもので、つくづく彼は真面目で、そして少し不器用《ぶきよう》なんだなと思った。何もそこまで正直に打ち明けなくてもいいのに。

「……不純だなって、反省してます。皆さん真剣に結婚相手を探しに来てるのに」

それを言うなら私の方が百倍は不純だ。なんたって目的は潜入取材なのだから。

妙な後ろめたさからぎこちなく笑った私は「私も似たようなものですよ。参加者の人たちに申し訳なくって、いたたまれないです」とちょっぴり本音《ほんね》を漏《も》らした。

すると堤さんの真剣だった表情が、緊張が解《と》けたように和《やわ》らいだ。

「そうですか。場違いなのは俺だけだと思ってたから、少し安心しました」

そう言ってはにかんだ笑顔に、私の胸の奥で小さく何かが高鳴《たかな》る。風貌《ふうぼう》は大人の魅力《みりょく》をふんだんに備えているのに、照れたような笑顔は彼の内面を表すように可愛《かわい》らしくて。そのギャップがたまらなく魅力的に映った。

「でも、今日は来てよかったと思ってます。三宅さんとお話しできてよかった。俺、初対面の女性と仕事以外でこんなに話したの初めてかも。楽しかったです」

「私も。堤さんに靴擦れを治療《ちりょう》してもらったことが、今日一番の大きな収穫です」

冗談めかして言うと、堤さんは眉尻《まゆじり》を下げて「それは言わないでください」と苦笑した。

結局この日、私はもちろん堤さんも誰ともカップルにならなかった。

私は最後に配られたカップリング用紙を白紙で出したのだから当然だけれど、堤さんはどうだったんだろう。婚活に前向きでないと自分の不純さを反省していたくらいだから、彼も白紙だったのかもしれない。

檀上に上がった成立したカップルに拍手を送っている彼を横目でチラリと見て、なんとなくそう思った。

パーティーが終了し、私は今日のことを忘れないうちにまとめようと会社へ戻ることにした。

しかし、駅に着いて見た光景にゲンナリとやる気が削《そ》がれる。

日曜日の夜、ただでさえ混むみなとみらいの駅は電車に遅れが出たようで、人であふれ返っていた。

「うへぇ」

思わず苦々《にがにが》しい表情を浮かべる。人の波に押し流されるように乗車した私は、もみくちゃになりながら電車の中ほどに立った。すると。

「あ」

斜め前の大きな背に見覚えがあることに気づいた。この体幹のしっかりした長身の後ろ姿、堤さんだ。

私がうっかり声を出してしまったせいで、堤さんが振り返った。そして私と同じように短く「あ」と声をあげる。

堤さんはギュウギュウの人混みの中、なんとかこちらへ体を向けると私の正面に立った。

「先ほどはどうも」

小声で話しかけてきた彼に、私も「どうも」と笑顔で返す。

「お帰りですか？」

「いえ、用事が出来たのでちょっと会社に……。堤さんは帰宅ですか？　どちらまで？」

「横須賀《よこすか》です。けど参ったな。これなら歩いて横浜駅まで行けばよかった」

「同感。体、圧縮されそう」

遅延《ちえん》のラッシュで無理に乗ろうとしている人がいるのか、電車はなかなかドアを閉めない。さらにギュッと押し込まれた乗客のせいで、ますます圧迫《あっぱく》感が増した。

「……っ！」

もみくちゃな足もとで、誰かの靴が私の踵を擦《こす》った。靴擦れの踵に刹那《せつな》走った痛みに、唇を噛《か》んで声を抑《おさ》える。

「大丈夫ですか？」

痛みに顔をしかめた私に気づいた堤さんが、すぐさま小声で聞いてきた。

「大丈夫……。ちょっと踵がぶつかっちゃったみたいで」

まだジンジンと痛みは残っているけど大騒ぎするようなことでもないと思い、引きつった愛想《あいそ》笑いを返す。それを見て堤さんはわずかに眉根を寄せると、「失礼」と短く言ってから私の背に手を回しいきなり抱き寄せた。

「きゃ……」

うっかり出しそうになった大きな声は、彼の胸に顔をうずめたことでくぐもって消えた。

突然何をするのかと困惑したけれど、堤さんは耳もとに顔を寄せるとゆっくり丁寧な口調《くちょう》で話しだした。

「左足、俺の両足の間に入れて」

少し考えたあと、そういうことかと理解して左足を前にずらした。片足を突き出してバランスの悪くなった体は、背に回した堤さんの大きな手がしっかり支えてくれている。

「体重、もっとかけちゃっていいですよ」

「大丈夫です。……お世話《せわ》かけます……」

その直後、扉が閉まり電車がようやく動き出した。加重オーバーだとでも言いたげに重い音を立てて電車は車輪を動かし、揺《ゆ》れに合わせてぎゅう詰めの乗客も苦しそうに揺れる。

それからどんなに電車が揺れようと、堤さんの両足に守られた私の左足は誰にも擦られることはなかった。

真夏の夕暮れの満員電車。空調が効《き》いているはずなのに、人が多すぎて空気は淀《よど》んでいる。誰もがうっすらと汗をかき、なるべく他人と肌を触れ合わせたくないと感じている中で、きっと私だけがこの状況を（悪くない）と思っていた。

「すみません、汗臭かったでしょう？」と堤さんが申し訳なさそうに謝ってきたのは、乗り換えの横浜駅に着き、彼の腕から解放されたときだった。

そんなことを気にしていたのかと思うと微笑ましくて、自然と口角《こうかく》が上がる。

「いいえ、全然」

本当は微かに汗の匂いはしたけれど、それは清潔《せいけつ》なシャツの香りに中和されて不快なものではなかった。むしろ清々《すがすが》しささえ感じた。

それよりお礼を言おうと思って彼の方を振り向いた私は、そのシャツに〝私の跡《あと》〟が残っているのを見つけて顔を青ざめさせる。

「わっ、ごめんなさい！　ファンデーション付いちゃった！」

私を抱き寄せていた彼の白いシャツの胸部分には、くっきりと肌色の汚れが。

堤さんの手を引っ張りホームの隅《すみ》へ移動してから、バッグからハンカチを取り出す。けれど拭《ふ》いたところで簡単に汚れが落ちるわけでもなく焦《あせ》りを募らせていると、ハンカチを持つ私の手を堤さんがそっと掴《つか》んだ。

「平気だから、慌てないで」

決して大きくはないのに人混みの喧騒《けんそう》の中でもよく通るその声は、低くて柔らかくて私の心を落ち着かせてくれた。

顔を上げると、堤さんは「洗えば落ちますから」と微笑んだ。その笑みに胸の奥がまた心地よく高鳴る。どうやら私は彼の笑顔に惹《ひ》かれるみたいだ。

「……じゃあ、クリーニング代出させてください」

最低でもそれぐらいはしなければと思って申し出るものの、堤さんは「結構《けっこう》ですよ」と首を縦《たて》に振らなかった。

「そもそも俺が勝手に抱き寄せたせいなんだから。三宅さんは気にしないでください」

「何言ってるんですか、私を助けてくれたからじゃないですか」

「助けるなんて、そんな大げさな」

「大げさじゃないです、本当に助かりました。堤さんがいなかったら足を蹴《け》られたり踏まれたりして、踵が痛くて歩けなくなってたかも」

真面目な顔で言った私に、堤さんはブハッと噴き出すと眉尻を下げて「大げさだって」と笑う。今度は屈託《くったく》のない笑みに三度目の胸の高鳴りを覚えた私は、自分でも驚くことを口走っていた。

「じゃあ、あの、お礼に今度食事でもごちそうさせてください。二度も助けてもらったうえシャツまで汚しちゃって、このままじゃあまりに申し訳なくて夜も眠れなくなっちゃいます。焼肉でもお寿司《すし》でも、なんでもいいのでお礼させてください」

本当に感謝とお詫《わ》びを伝えたいという気持ちと、もう一度この人と会いたいという気持ちが混ざって出てきた台詞《せりふ》だった。

いきなり食事に誘われた堤さんは目を丸くし、わかりやすいほどキョトンとした顔をしていた。そして口もとに手をあてて「えっと」と呟くと、少し悩んだように黙ってから表情を和らげた。

「三宅さんが……嫌じゃないのなら。お言葉に甘えてもいいですか」

「もちろんです！」

即答《そくとう》した私に、楽しそうに目を細める堤さんの耳が赤い。

今日は遅延のラッシュに巻き込まれるし、靴擦れの踵は痛いし、人混みで不快なほど蒸《む》し暑いし、これから会社に戻らなくちゃいけないし、とてもいい一日だとは言えないけれど、私の胸はここ数年で一番といっていいほどご機嫌《きげん》に高鳴っていた。

# 第二章

翌週の日曜日。

私は再び電車で横浜へ向かっていた。目的はもちろん、堤さんとお食事をするためだ。

ドアの近くに立ち、窓の外を眺める。空は先週と同じく快晴だ。

痛いくらいに眩しい日差しを眺めながら、私の胸は期待と後ろめたさがせめぎ合っていた。


「あら、本当に結婚相手見つけてきちゃったんだ」

先週、私の潜入ルポの顛末《てんまつ》を聞いた島谷さんはそう言って目をパチクリさせながら、愉快《ゆかい》そうに口角だけ上げた。

「結婚相手じゃないです！　ただ、堤さんには色々お世話になったからお礼に食事に誘っただけで……、それに『国防男子』の実態がもうちょっと知りたかったから、ついでに話も聞いてこようかなって」

彼を誘ったときに下心が多少なりともあったことは否《いな》めないし、それを隠すつもりもなかったけれど、島谷さんの好奇心旺盛《おうせい》な眼差《まなざ》しで見つめられたら、なんだか仕事を忘れて本気で婚活をしてきたみたいでついムキになって否定してしまった。

「いいじゃない、編集長だって『ついでに結婚相手見つけてきていいのよ』なんていつも言ってるんだし。せっかく婚活市場に何度も潜入してるんだから、花婿《はなむこ》のひとりやふたりゲットしてきたってバチはあたらないわよ～」

「だから花婿じゃないってば！　取材相手です、取材！」

「そんなにムキにならなくてもいいのに」

島谷さんの言う通りだ。冗談なのだから笑って軽く流せばよかった。

そのせいで私は、自分の発した言葉に囚《とら》われてしまったのだから。

（取材、か……）

座席の手すりに軽く凭《もた》れかかり、私は抱えた後ろめたさに唇を尖《とが》らせる。

もし堤さんが、私が潜入取材で婚活の会場にいたのだと知ったらどう思うだろう。

……考えるまでもない、誰だって不愉快《ふゆかい》に思うに決まってる。真剣に結婚相手を探している人たちを騙《だま》して観察していたようなものなんだから。自分が知らないうちに取材対象になっていたなんて、怒って当たり前だ。

そう考えると、潜入ルポの会場にいた人とは継続して接触しないことがせめてもの誠意かもしれない。本当のことを言い出せない限り、結局は彼を騙し続けているのと同じだと思う。

そんな罪悪感が募るたびに私はバッグからスマートフォンを取り出して、堤さんにキャンセルの連絡を入れるべきか悩んだ。けれど、やっぱりお礼をしないのは失礼だと考え直す。

取材と、お礼と、少々の下心。その三つを頭の中でグルグルさせる私を乗せて、電車は真夏の炎天下《えんてんか》を颯爽と走っていった。

結局キャンセルの連絡を入れることはしないまま、私は無事に横浜駅へと着いた。

恵比寿《えびす》に住む私と、横須賀に住んでいる堤さん。ふたりの交通の便と食事しやすい場所を考えた結果、横浜駅近くのカジュアルフレンチレストランに予約を取った。

待ち合わせは西口の駅出口。

五分前に着いた私より、堤さんは先に到着していた。人の通りの邪魔《じゃま》にならないように柱を背に立つその姿は、先週と変わらずイケメンで凛々しい。通り過ぎる女性がチラチラと彼を盗み見していくほどに。

ライトブルーのオックスフォードシャツに黒のチノパンを着た、スラリとした長身の綺麗な立ち姿。端正な顔は口を引き結んでいると少しだけ厳しそうで近寄りがたいけれど、その顔が綻《ほころ》んだときはたまらなく愛らしいことを私は知っている。

声をかけようと近づいたとき、こちらに気づいた彼が目を細め軽く頭を下げた。私も自然と笑みが滲む。

「すみません、お待たせしましたか」

「いいえ。今来たところです」

一度会っただけだというのに、その笑顔がやけに懐《なつ》かしく感じられて胸が弾んだ。

「わざわざお休みの日に呼び出しちゃってすみません」

「とんでもない。楽しみにしてましたよ」

方便《ほうべん》でも楽しみにしていたという堤さんの言葉に、嬉《うれ》しくなってしまった自分に困惑する。もしかしたら私、自分で思っている以上にこの人に好意を持っているのかもしれない。

確かに堤さんはとってもいい人だし、私は彼の笑顔が好きだけれども。取材という出会いの後ろめたさが、彼に惹かれる心にブレーキをかける。

密かな葛藤《かっとう》を繰《く》り広げている私に、堤さんはちょっと不思議そうに瞬《まばた》きをしたあと、「行きましょうか」と声をかけた。

「え……来週?」

予定していたレストランの受付で、私は顔を青ざめさせた。

「三宅青藍様、ですね。……はい、本日ではなく来週日曜日の十二時よりご予約いただいております」

案内係の女性は受付のモニターを見ながら、そうはっきりと答えた。

「うそ!?」と叫《さけ》んだ私はスマートフォンを取り出し、慌ててレストランの予約返信メールを確認する。そこには無慈悲《むじひ》にも、けれど間違いなく来週の日付が記されていた。

「……今日って席空《あ》いてますか?」

「申し訳ございません。本日閉店まですべて予約で埋まっております」

やらかしてしまった。よりによってレストランの予約日を間違えるなんて。

お礼に食事をご馳走《ちそう》すると言って休日に呼び出しておきながら大失態《だいしったい》をかましてしまった私は、泣きそうになりながら隣に立つ堤さんに頭を下げた。

「ごめんなさい! 予約日間違えちゃいました、本当にごめんなさい!」

「気にしないで。他の店に行きましょう」

堤さんに励《はげ》ますようにポンポンと肩を叩かれ、私たちはひとまずレストランを後にした。

手近な日陰《ひかげ》に入って、スマートフォンで近所にいいお店がないか慌てて探そうとする。

「ちょっとだけ待ってくださいね。今、他にお店探しますから！　フレンチじゃなくてもいいですか？　中華とかお寿司とか……」

一心不乱《いっしんふらん》にスマートフォンのグルメサイトとにらめっこしていると、大きな手がそっとスマートフォンごと手を覆った。

「よかったらブラブラ歩いて決めません？　この辺りは美味《おい》しいお店多いですから」

その言葉を聞いた私は、確かにそうだと思った。ここで焦りながらスマートフォンをいじっているより、ふたりで歩きながらお店を探した方がいいだろう。なんたってここは横浜だ。少し歩けばいい雰囲気《ふんいき》のお店があちこちに立ち並んでいる。

「そうですね、そうしましょう！」

頷いてスマートフォンをしまうと、堤さんも頷き返して「南の方へ行ってみましょうか」と歩き出した。

手近なところでお店を見つけようと思っていたのに、気がつけば帷子川《かたびらかわ》を越えて結構な距離まで歩いてきてしまったのは、堤さんとのおしゃべりがついつい弾んだからだ。

女性慣れしていなくて会話も成り立たなかった先週の初対面時のことを思うと嘘《うそ》みたいに、堤さんは楽しそうに喋った。

会話が弾んだといっても彼はあくまで穏《おだ》やかで、ベラベラとのべつまくなしに喋ったりはしない。私の話をじっくり聞いて、少し考えて、それから心地いいトーンで自分なりの言葉を述《の》べた。

堤さんの低くて優しい声は、聞いているとなんだか気持ちが落ち着いてくる。だからもっと彼の声が聞きたくて、気がつくと私はあれこれと質問を浴びせていた。

「どうして自衛官になろうと思ったんですか？」

「祖父の影響ですね。祖父は昔、防衛省《ぼうえいしょう》の官僚《かんりょう》だったから。国を守る仕事に憧《あこが》れていたんです」

「へー、すごい！　国防一家ですね！　でもどうして官僚ではなく自衛官に？」

「小学生のとき、クルーズ船で家族旅行をしたんです。地中海《ちちゅうかい》だったかな、海が信じられないくらい青くて綺麗で。すごく感動して、そのときは将来船乗りになりたいと思ったんですよ。でも国防の仕事もしたいし……って悩んでたら、海上自衛隊っていう理想的な仕事があると知って、これだ！　って」

「あはは！　可愛い、ピュアですね」

「子供のときの話ですよ。でも、今でも天職だとは思っています」

彼の話からは、自分の仕事と海への愛着がヒシヒシと伝わってくる。正直私は海上自衛隊という仕事について詳しいことはほとんど知らないけれど、堤さんが誇《ほこ》りに思っている仕事なのだからさぞかし素晴らしいものなのだろうと思えた。

「三宅さんは女性向け情報サイトのライターなんですよね。どんな仕事なんですか」

ずっと堤さんにあれこれ質問していた私は、ふいに自分のことを聞かれて戸惑ってしまった。まさか彼がプロフィールカードに書いていた私の職業を覚えてたなんて。

「えっと、あの……生活情報のコラムとか、書いてます」

さすがに婚活コラムを担当しているとは言えなかった。いや、今こそ打ち明けるときだったのかもしれない。

けれど私の言葉を信じた堤さんは「そうなんですか。文章とか書くのが好きでこの仕事を？」と次の質問を投げかけてきた。

「まあ、それもあるんですけど……。カッコいい仕事がしたかったんです。なんか、こう、自立してる女！　って感じの」

最初の質問を誤魔化《ごまか》した罪悪感もあって、次の質問には正直に答えた。

堤さんは「自立……ですか？」と不思議そうにしていたけど、私は素直に頷く。

「私、東北の出身なんです。それも都市部じゃなく、すごーく田舎《いなか》の方。電車もろくになくて、周りは山と田んぼばっかり。遊ぶ場所もなくて、友達の家に行くのも自転車で二十分も掛かって、逃げられる場所がどこにもないような」

「逃げられる場所？」

不穏《ふおん》なワードを出した私に、堤さんがわずかに眉根を寄せる。

「うち、両親が不仲《ふなか》で。家にいるといつも怒鳴《どな》り声がしてるような家庭だったんです。それが嫌で嫌で、どこかへ逃げ出したいのにどこへも行けなくて。大嫌いだった。私を閉じ込めるような高い山も、身動きを取れなくする大雪も、怒鳴るか無関心しかない両親も。だから高校を卒業すると同時にこっちに逃げてきたんです。感動したなあ、初めて東京に来たときは。電車でもバスでも歩いてでも、どこへだって行けちゃうんだもん」

辛気臭《しんきくさ》い私の話を、堤さんは真剣な顔でジッと聞いていた。なんだか気恥ずかしい気がしてきて、誤魔化すように笑って見せる。

「奨学金《しょうがくきん》で大学へ行って、もちろん卒業後も帰りませんでした。私、東京が大好きなんです。正確には東京にいて自分の力で生きてる自分が、かな。だから就職もそんな感じの仕事にしようと思って。若い女性向けのWEB情報サイトなんて、いかにもそんな感じでしょ？　女性社員が活躍してて、最新の情報に聡《さと》くて。ところがいざ入社してみたら、残業と取材で毎日ヘロヘロでちっともカッコよくなんかないんですけど。でも充実はしてるんで、まあいっか、って」

無防備《むぼうび》に自分の話をし過ぎただろうかと少し心配になったけれど、冗談めかして話を締《し》めると、堤さんは「そうだったんですね」とようやく表情を緩めた。

話にすっかり夢中になってしまっていた私は、自分たちがみなとみらいまで歩いてきてしまっていたことに気づいた。

「あ、お店決めましょうか！　そことかどうです？　創作《そうさく》フレンチのブッフェだって」

ランチの案内看板が出た雰囲気のいい店構《みせがま》えのレストランを見つけ、指さす。

堤さんは「いいですね」と軽く頷いて、店に向かう私の少し後ろを歩いた。

幸い予約なしでも入れたレストランはお料理もおいしく、店内の雰囲気もとてもよくて満足だった。

……ただし、堤さんが食事代をおごってくれたこと以外は。

「今日、来る前に同僚に散々《さんざん》言われたんですよ。『女性におごらせるとかありえないぞ、お前が払うのが当然だ』って」

私が何度もこれは先日のお礼とお詫びなんだからと言っても、堤さんはにこやかに、けれど頑《がん》として譲らなかった。

「もう！　これじゃあ今日お時間取ってもらった意味がないじゃないですか！」

店を出たあと私がプリプリと怒っていると、堤さんは足を止めこちらにまっすぐ視線を向けて口を開いた。

「いいんです。俺にとっては、今日三宅さんと会えたことに意味があるんですから。先週も今日も、あなたと一緒の時間はとても楽しかった。言ったでしょう？　俺、女性慣れしていなくてうまく接することができないって。けど、三宅さんは違った。自然に喋れて、あなたが笑うたび気持ちがほぐれた。とても楽しいんです、あなたといると。だからこれは、俺からのお礼です」

最後に少しはにかんで弧《こ》を描《えが》いた口もとに、私は釘づけになる。

心惹かれる笑顔、心地よく心にまで届く低くて柔らかな声、そして誠実でまっすぐな言葉。

自分の顔が赤く染まっていくのがわかる。胸の鼓動《こどう》が早鐘《はやがね》を打って収まらない。

ああ、どうしよう。もう抑えきれない、誤魔化しようもない。私、堤さんのこと好きになっちゃったみたいだ。

「そ……そんなこと言われたら、私うぬぼれちゃいますよ？　勘違《かんちが》いしちゃいますよ？」

心臓が爆発しそうなほどドキドキしながらぎこちなく微笑んで言うと、堤さんは少し考えるように黙ってから口を開いた。その頬には赤みが差している。

「勘違いじゃないです。……ええと、すみません。こういうの慣れていなくて……」

そして恥ずかしそうに一度視線を逸《そ》らすと、真剣な面持ちになって再び私をまっすぐに見つめた。

「好きです。俺はあなたともっと一緒にいたい。付き合ってください」

直球《ちょっきゅう》な告白の言葉に、頭が一瞬で熱くなる。堤さんのまっすぐすぎる視線に射られ、あまりの胸の高鳴りに心臓が止まるかと思った。

「……嬉しいです。わ、私でよければ……よろしくお願いします」

なんだか信じられない気持ちだった。女性慣れしていないとはいえ、堤さんは客観的に見てとてもイケメンでハイスペックだ。そんな彼に、何のとりえもなくて美人でもない私が好意を持たれるなんて嘘みたいという気持ちと、潜入ルポで知り合ったという数奇《すうき》な運命のせいで、なんだか現実味がないような気さえした。

そんな夢心地の中で、胸の鼓動だけが体に痛いほど響いている。これが現実で、私も彼に——恋をしているという証《あかし》だ。

私の答えに、堤さんは「ありがとうございます。よろしくお願いします」と安堵《あんど》と歓喜を混ぜたような満面《まんめん》の笑みを浮かべた。眩しい日差しに煌《きら》めくその笑顔に、私もつられるように顔を綻ばせる。

再び歩き出した私たちは、どちらともなく手を繋《つな》ぎ合った。

今日も夏は絶好調《ぜっこうちょう》で、自分の体温でさえ煩《わずら》わしく感じるほど暑いのに。大切に、触れるのがもったいないように優しく繋いだ手は、炎天下でもちっともほどきたくならない。

このまま帰るのが惜《お》しいなと思っていると、堤さんの方から「もし時間大丈夫なら、ちょっと遊んでいきません？」と提案された。喜んで頷くと、堤さんがますます破顔《はがん》する。

「どこ行きます？」と聞いた私に、彼は迷うことなく海沿いに立つ観覧車を指さした。

先週みなとみらいに来たときも気になっていた、遊園地の大観覧車。街が一望できるのはもちろん、海のはるか遠くまで見渡せる景観に、私は年甲斐《としがい》もなくはしゃいだ。

「すごーい……！　こうして見ると、海って本当に広いですね」

せっかく狭い空間にふたりきりだというのに景色にばかり見入っている私を、堤さんは向かいの席からニコニコと眺めていた。

「海、好きですか？」

「はい。……って言っても、あんまり海に行ったことないんですけど。大学生のときに一度海水浴に行ったのと、小学生の時に遠足で行ったくらいで」

「海はいいですよ。大海原《おおうなばら》にいるとどんな悩みもちっぽけに思えて、穏やかな気持ちになれる。快晴の下だと特にですね。海と空の青に挟まれていると、自分が地球に抱かれているような気持ちになります」

普段より饒舌《じょうぜつ》ぎみに喋る彼を見て、海が本当に好きなんだなあとつくづく感じた。

「いいなあ。私もそんな海と空が見てみたい。きっとすごく綺麗な青なんでしょうね」

彼の壮大な言葉から想像力を膨らませ、深い青色を思い浮かべうっとりとする。

――すると。

「……青藍」

ふいに名前を呼ばれて、私はびっくりして肩を跳《は》ねさせた。

さっきまで苗字《みょうじ》にさん付けで呼ばれていたのに、いきなり名前を呼び捨てだなんて。

大胆《だいたん》な距離の縮め方にドキドキしたけれど、堤さんは緊張している様子もなく微笑んでいた。

「三宅さんの名前、色の『青藍《せいらん》』から取ったものですよね。深い深い澄《す》んだ青色。まさにその色です」

「あ、はい……。そうです」

なんだ、『せいら』じゃなく『せいらん』って言ったのかと、急速に胸のドキドキが治まっていく。

けれど堤さんが続けた言葉は、私の胸を苦しいほどの切なさと温かさで満たした。

「初めて名前を拝見《はいけん》したとき、なんて綺麗な名前の人なんだろうって密《ひそ》かに感激しました。これから航海で海原に出るたびに、俺はきっとあなたのことを思い出すと思います」

観覧車はゆっくりと空へ登っていく。夏の澄み渡る空に、吸い込まれていくように。

「……そんなこと、初めて言われました。いっつも読みにくいとか書きにくいとか言われて、私もこの名前ちっとも好きじゃなかった。私が生まれた頃にインディゴブルーが流行《はや》ってたからって理由でつけられて。いいかげんだって。……でも、今日からはこの名前好きになれそう」

込み上がってきそうになる涙を、笑顔で必死に抑える。

彼に惹かれたことが正しかったと、心が喜んでいるような気がした。

「……青藍さん、って、これからは呼んでもいいですか」

囁《ささや》くような優しい声に、私は静かに頷く。

「私も涼太さんって呼ばせてください。あと……お互い敬語、やめましょうか」

私の提案に涼太さんは「そうですね」と言ったあとハッとして手で口もとを押さえて、「そうだね」と言い直してから恥ずかしそうに笑った。

観覧車を降りたあとは、園内のアトラクションで遊ぶことにした。

まず目についたのは水しぶきをあげる水上ジェットコースター。その涼《すず》し気《げ》な様子に思わず足を向けてしまったけれど、数分後、すかさず私は後悔することになった。

「うぅ……頭がグルグルする……」

じつは私ジェットコースターが大の苦手だったのだ。前に乗ったのは小学生のときだったので自分のこの体質をすっかり忘れていた。

「大丈夫？」

すっかりジェットコースター酔《よ》いし足をふらつかせる私を、涼太さんは真面目に心配してくれた。恋人になったばかりだというのにいきなり情けない姿を見せてしまい、恥ずかしくてたまらない。

「大丈夫……。ちょっとベンチで休んでもいい？」

なんとか口角を上げ無理やり笑顔を作り、場内にあるベンチを指さす。

「わかった」

すると涼太さんは肩と腿に後ろから手を回し、なんといきなり私の体をお姫様抱《だ》っこで抱き上げた。

「え!?　ちょ、ちょっと待って！」

当然周囲からは注目が集まる。けれどオタオタする私とは反対に、涼太さんは「ふらつく足で歩いたら転ぶよ」と当然のような顔で言って、悠々《ゆうゆう》とした足取りでベンチまで歩いていった。

ベンチに私を運んだあとジュースを買いに行こうとした涼太さんの服の裾《すそ》を掴まえ、

隣に座るよう促《うなが》す。「飲み物いらない？」と不思議そうな顔をされたけど、今は飲み物より周囲の注目の中、ひとりにしないで欲しい。

「涼太さん、過保護《かほご》。普通は人目《ひとめ》のあるところで、成人女性を抱っこしたりしないと思うの」

本音を言えばお姫様抱っこはちょっと嬉しかったけれど、それ以上に人目が気になって恥ずかしかった。そんな不満を口に出すと、涼太さんは眉尻を下げて頭を掻《か》き、

「ごめん。さじ加減がわからなくて……」と申し訳なさそうに言った。

その姿を見て笑ってしまった私は、もう彼を責めることはできない。靴擦れの治療をしてくれたときと同じだ、彼の親切は純粋《じゅんすい》で、そしてちょっと過保護でズレてる。

私はそれが嫌いじゃない。

「それにしてもすごいね。私のこと子供みたいにヒョイって抱きあげちゃうんだもん。重かったでしょ？」

「いや、全然」

「さすが。やっぱり鍛《きた》えてるの？」

そう言って何気《なにげ》なく彼の二の腕を撫《な》でた私は、厚みを感じさせる硬さに驚いた。

ゆとりのある袖《そで》のシャツを着ていたから、こんなに筋肉質《きんにくしつ》だなんて気づかなかった。

もしかして涼太さんって着痩《きや》せするタイプ？　脱いだらかなりすごい？　なんていけない想像をしてしまった私は、勝手に顔を赤くしてパッと手を離した。

すると、さわられていた涼太さんもどことなく恥ずかしそうにしているではないか。

妙な空気がふたりの間に流れる。

「訓練もあるし、航海に出ると暇《ひま》つぶしに筋トレしたりするから」

「そ、そうなんだ。……っていうか、なんで腕さわられたくらいで照れてるの？　さっき私のこと抱きかかえたくせに」

「そんな興味津々《きょうみしんしん》に体にさわられたら、誰だって照れると思うけど……」

ああ、そうだった。この人はとことん女性慣れしていないんだった。

うかつにおさわりしてしまったことを反省しつつ、大胆なようでシャイな彼がなんだか可愛くて、つい意地悪したくなってしまう。

「筋肉が気になっただけだよ。それなのに意識するなんて、涼太さんのエッチ」

からかって逞しい腕を指で突っつけば、涼太さんは一瞬動揺《どうよう》の表情を見せたものの、私の手を掴んで「こら」と呆れたように笑った。

「あんまりからかっちゃ駄目《だめ》だよ。俺も一応男なんだから」

そう言った彼の大きな手が、掴んでいた私の手に指を絡《から》める。長い指の骨ばった感触に、胸が不意打ちでドキリと鳴った。

「あ、うん。ごめんなさい」

シャイだと思っていた相手から大人の余裕と色気ある窘《たしな》め方をされて、今度はこちらが動揺してしまう。けれど私を見つめる涼太さんの眼差しに計算高さはない。もしかして天然《てんねん》でやってる？

素直に謝った私に涼太さんはニコリとすると、手を繋いだままベンチから立ち上がった。

「元気になったならそろそろ行こうか」

「そうだね」

しっかり者に見えるけど少しズレてて、シャイなようで大人の色気があって。

彼の新しい顔を知るたびに、どんどん好きになっていく自分に気づかされる。

これから私はどんな堤涼太を知っていくんだろうと思うと、自然と胸が弾んだ。

最初に手を繋いだときよりしっかり絡め合った指を感じながら、涼太さんも同じ気持ちでいてくれたら嬉しいな、なんて思った。

# 第三章

まだまだ暑さは変わらないけれど、響きだけは秋を感じさせる九月。

先月取材した『国防男子』の婚活の記事が完成し、公開された。

反響はなかなかで、私と同じく初めて『国防男子』なるものを知ったという女性たちの声が多く、ぜひまた特集して欲しいとのリクエストも見受けられた。

「やっぱ潜入ルポは人気があるわね。記事へのアクセスがいつもの倍近いもの。内容への反響もいいし、これは近々第二弾も考えておかないと」

編集長の井出さんはご機嫌でそう言ったけれど、私は内心、絶対にごめんだ！　と全力で首を横に振った。

涼太さんとお付き合いをするようになってから二週間。私は未《いま》だに彼に潜入取材のことを打ち明けられていない。

……いや、わざわざ言わなくてもいいのかもしれないけれど。でも、いつか彼が私の仕事内容を知ったとき、不信感を抱かせたくないと思う。だったらサッサと打ち明けるべきなのだけど、一度はぐらかしてしまった後ろめたさがついつい口を噤ませて、今日にまで至ってしまった。

そんな罪悪感を抱えているだけでも悩ましいのに、また別の国防男子の婚活の場に忍《しの》び込むなんて。これ以上悩みの種を増やさないで欲しい。

すると、私たちの会話を聞いていた島谷さんがニヤニヤとしながらこちらへ寄ってきて井出さんに言った。

「駄目ですよ、編集長。三宅ちゃんは潜入ルポの戦利品《せんり》に、花婿候補をゲットしてきちゃったんですから。婚活に潜り込ませたら花婿くんがやきもち焼いちゃいますよ～」

「ちょっ……！　島谷さんっ！」

涼太さんのことを暴露《ばくろ》した島谷さんに、私は目を白黒させながら慌てて彼女の口を塞《ふさ》ごうとした。けれど時すでに遅く、井出さんは「へえ～、そうなの？　三宅」と驚きと好奇心で目を見開いて身を乗り出してきた。

「……潜入ルポでゲットしたわけじゃなく、その後色々あって……お付き合いしています」

だいぶ顛末を端折《はしょ》ったものの正直に打ち明けると、井出さんは「あらまあ、やるじゃない」とマスカラの濃《こ》い目をぱちぱちとしばたたかせた。

「いい記事も書けて、ついでに結婚相手もゲットなんて、ラッキーじゃない。この間の婚活パーティーってことは、相手はエリート国防男子なんでしょ？　よかったわね、ご祝儀《しゅうぎ》弾まなくっちゃ」

「いえ、まだ結婚とか考えてませんから」

井出さんは普段は仕事に厳しくドライな性格がカッコいいアラフォーなのに、この手の話になるとおばさんじみてしまうのが玉にキズだ。

井出さんの「年収は？」「相手のご両親は？」などの下世話《げせわ》な質問に言葉を濁《にご》して困っていると、フロアのドアがノックされ「失礼します」と男性が入ってきた。

「井出さん、テスト終わったんでミーティングいいですか？」

「わかった、すぐ行くわ」

ミーティングに呼ばれた井出さんは、下世話なおばさんからデキる編集長の顔にパッと切り替え、編集部のフロアを出ていく。

窮地《きゅうち》から救ってもらった思いでホッと胸を撫で下ろした私は、恩人《おんじん》に向かって軽く頭を下げた。

彼は我が社のシステムエンジニア、瀧沢《たきざわ》さんだ。

うちの会社は小さなビルのワンフロアに収まるくらいの小規模なものなので、別部署の社員のことも大体把握《だいたいはあく》している。彼は今年の春に転職してきたので後輩だけど、年齢は私と同じ二十六歳だ。

特別仲がいいわけではないけれど、七月の納涼会《のうりょう》で話して以来そこそこ親しくなって、昼休みに廊下で会えば一緒に昼食を食べに行くぐらいの関係になっている。

私が頭を下げたことに気づいた瀧沢さんは、同じく会釈《えしゃく》を返すと思いきや、フッと口角を上げ、他の人に気づかれないよう素早くウインクをしてから部屋を出ていった。


「三宅さんが井出さんに絡まれてるなーと思ったから助けてあげたんですよ」

夕方。休憩を取ろうとやって来たオフィスの近くにあるコーヒーショップで、偶然会った瀧沢さんは猫《ねこ》のような目を細めてそう言った。

「別に絡まれてたわけじゃ……。それにミーティングに呼びに来たのは本当でしょ？」

「呼びに来たのは本当だけど、『十五分後に』をあえて付けなかったんです」

「じゃあ井出さん、ミーティングルームで十五分も待ってたの？」

「待ちついでに資料の準備手伝ってもらいました」

カウンターの列に並びながら、瀧沢さんは悪びれた様子もなく飄々《ひょうひょう》と言う。したたかというか、世渡《よわた》り上手というか。

思わず苦笑を浮かべたけれど、彼の助け舟がありがたかったのは確かだ。

「何飲む？　お礼におごるよ」とメニュー表を指させば、瀧沢さんは素直に「ごちです」とクリームとチョコチップの乗ったチョコドリンクを選んだ。

お互いテイクアウトしたドリンクを片手に会社に戻る。まだ夏の気配が残るオフィス街は、夕方になっても蒸し暑い。

「システム部、今忙しいの？」

「いや、残業なしで帰れる時期です。三宅さんは？」

「そうでもないかな。これ飲んでもうひと頑張《がんば》りしたら帰るよ」

「じゃあ仕事終わったらふたりで飲みにいきません？　今日あちーし。冷たいビール飲みにいきましょーよ」

たわいない会話をしていたつもりの私は、突然の誘いにパタパタと扇《あお》いでいた手を止めた。

……瀧沢さんは悪い人じゃないし、一緒にビールくらい飲みにいってもいいかなと思う。同僚とふたりで飲みにいくことを、悪いことだとは特に感じない。

けど、涼太さんはどうなんだろう。直接聞いたことはないけれど、なんとなく彼はあまりこういうことは好きじゃなさそうだなと思った。

「今日はやめとくね。ごめん、また今度みんなで行こうね」

それだけ伝えると瀧沢さんは何かを察したのか、「あー……そうですね」とだけ言って、理由を聞くこともしつこく誘うこともしなかった。ただ少し投げやり気味《ぎみ》に「いつまでもあちーなあ。俺、夏嫌い」と、前を向いたまま呟いたけれど。


夜の九時。うちの職場はフレックスで終業時間が七時〜八時くらいになるので、私の帰宅時間はいつもこれくらいになる。

家に着いてお風呂《ふろ》を済ませた私は、公開した自分の記事をスマートフォンで見ながら晩《ばん》ご飯を食べていた。

『——総じて高スペックな彼らが婚活に臨《のぞ》んだ理由として一様《いちよう》に口にするのは「出会いがない」ということ。さらに中には「仕事が忙しくて結婚を意識したことがなかった」という参加者もいた』

涼太さんのことを参考にして書いた記事。もちろん名前や特徴《とくちょう》は出していないけれど、本人が読めばきっと気づくだろう。

正直、記事に彼のことを書くかはかなり迷った。けれど貴重な生の声を書かなければ、なんのために潜入取材をしたのかわからない。

私はライターだ。結果的に涼太さんと付き合うことになったとはいえ、もともとは取材のために婚活へ参加したのだから、見聞きしたことを書かなければ本末転倒《ほんまつてんとう》になる。

そう腹《はら》を括《くく》って書いたものの、やっぱり罪悪感は残った。

もちろん彼のことは悪く書いていないし、あくまで婚活に臨む姿勢の一例として挙《あ》げただけだ。絆創膏のことや帰りの電車でのことも書いていない。

けれど未だに潜入レポのことを隠しているうえ、さらに後ろめたいことを重ねてしまったみたいで、心が重くなったのは否めない。

記事の好評ぶりとは裏腹に、私はため息をひとつ吐き出して缶ビールのプルトップを開けた。

いっそもうこのまま隠し通すべきなのか。知らない方が幸せなことだってあるし、別に彼に迷惑《めいわく》がかかることでもない。私がこの罪悪感を墓場《はかば》まで持っていけば済むことだ。

……けれど、涼太さんは私の仕事を知っている。エントリーシートには会社名と女性向けWEBサイトのライターとしか書かなかったけれど、検索《けんさく》して記事を探せば見つけるのは難しいことではないだろう。そこまで涼太さんがするかはわからないけれど。

〝バレる〟よりは〝打ち明ける〟ほうがずっといいに決まっている。けれど、バレないで済むのなら、打ち明けるリスクを負《お》う必要もない。

「……う〜ん……」

考えても答えの出ないことをグルグル考えている。おかげでビールを三本も空けてしまった。

こんなにウジウジ悩むなんて、我ながら、らしくないと思う。私は結構肝《きも》が据《す》わってて、『ま、いっか』でなんでも済ませちゃう性格だ。島谷さんに言わせると『タフ』らしい。

それなのに、涼太さんのことになるとタフになれないのはどうしてだろう。

誠実な彼を傷つけること、私を好きだと言ってくれた彼に嫌われることが、こんなにも怖いなんて。

そのとき、手の中のスマートフォンが震えメッセージの着信を表示した。頭の中を占《し》めていた人の名前がいきなり目の前に現れて、心臓がドキリとする。

『こんばんは。起きてる？』

ありふれた文字の並びだけなのに、涼太さんの優しい声が耳をくすぐった気がした。

燻《くすぶ》っていた悩みはどこへやら、勝手に顔がにやけてしまう。

『起きてるよ！』の返事と共に猫キャラの『こんばんは』のスタンプを送ると、すぐに『元気だった？』と返事が来た。

「過保護だなあ、たった三日ぶりなのに」

ここ三日ほど私の残業があったり涼太さんの宿直《しゅくちょく》があったりして、『おはよう』と『おやすみ』のメッセージくらいしか出来ていなかった。少し寂《さび》しいなとは思っていたけれど、『元気だった？』と心配されるとは思わなかった。

『元気に決まってるよ！ 涼太さんは？』と返信を打てば、『元気。さっきランニングしてきた』と実に彼らしい答えが返ってきた。

涼太さんとお付き合いして二週間が経《た》ち、自衛隊のことに疎《うと》い私なりにも少しわかってきたことがある。

例えば、彼の職場は本当に〝船〟ということだ。

涼太さんの所属する護衛艦『すいてん』は今、横須賀の港に停泊《ていはく》中なのだけど、彼は毎日その停泊中の船に出勤している。つまり動いていようが停《と》まっていようが、船が彼のオフィスなのだ。

初めて聞いたときは意味がわからなかった。頭が「？」でいっぱいになり、停まっている船でいったい何をしているのかと尋ねると、整備とか訓練とかミーティングとかと教えてくれた。

……ミーティングなんてわざわざ船の上でしなくてもいいんじゃないの？　と思わず口に出してしまったら、涼太さんは『艦艇《かんてい》勤務ってそういうものだから』と笑っていた。私にはやっぱりよくわからない。

ちなみに船には住所もあって、隊員の住民票の所在地はそこになっているとか。もちろん隊員は自宅やら官舎《かんしゃ》やら帰るところがあって、実際に船に住んでいるわけでもないのに、なんとも不思議な話だなと思う。

船が停泊中のときは基本勤務時間は朝八時から夕方五時。残業もあったりなかったり。土日はお休み。普通の公務員と変わらない。ただし定例にない出勤などもあれば、土日に行われる一般公開のイベントや行事、それに当直などもあるので、確実とは言い難《がた》いらしい。まあ、急な休日出勤くらいは民間企業でもよくあることだけど。

涼太さんは仕事後は大体ランニングに行くらしい。体を動かすのが好きなのかと思ったけど、『年齢上がっても体力落ちないように』という実にストイックな理由だった。

あとは、ひとり暮らしなので部屋の掃除や洗濯をしているとのこと。晩ご飯は船で出るけれど、時々は友達と飲みにいったりもするらしい。

そんなふうに少しずつ彼のことを知っていけるのはすごく胸が弾む。まさに恋の醍《だい》醐《ご》味《み》だと思う。

……けど。その距離がもどかしくて、もう少し大胆に涼太さんの色々を知りたくなっちゃう私は、いけない女なのかな。

『今度の花火大会楽しみだね！　早く会いたいな』

次のデートの話題を持ち出して送ると、さっきまでスムーズだった返信が滞《とどこお》った。スマートフォンの向こうで戸惑い気味に返事を悩んでいる涼太さんの顔が浮かぶ。

実は私たちはまだ夜を共に過ごすどころかキスもしていない。

告白された日の初デートでも、その翌週に一緒に映画にいったときも。涼太さんは手はよく繋ぐものの、キスはしてこなかった。ちょっといい雰囲気になっても、微笑んで頭を撫でられたりして、はぐらかされてしまった。

それってなんだか、期待と緊張でドキドキしていた気持ちをかわされたみたいで、少し寂しい。告白してきたのは涼太さんだけど、私だけがどんどん彼を好きになっているみたいで不安になる。

彼の気持ちをもっと知りたくて、私は先週、次のデートに多摩川《たまがわ》の河川敷《かせんしき》で開かれる花火大会に行こうと誘った。『開催日は土曜日だし、花火大会が終わってから横須賀まで帰るのはちょっと大変だから、もしよかったらなんだけど……うちに泊まるのはどうですか？』という提案付きで。

我ながら大胆すぎるかなと迷ったけれど、花火大会というせっかくのロマンチックな機会を逃《のが》したくなくて勇気を出してメッセージを送った。

けれど涼太さんからはなかなか返信がなく、私は、女子からお泊まりに誘うなんて節操《せっそう》がなさすぎて引かれたんじゃないかと思ってヒヤリとしたっけ。

しばらくしてから送られてきたメッセージには、『お言葉に甘えてお邪魔します』と涼太さんらしい丁寧な返事が書かれていた。そして少しだけ間が空いて、『楽しみ』と付け加えられたのを見て、引かれたのではなく真面目な彼なりになんて返事をするか迷っていたのだと察し、深く安堵の息を吐いたのだった。

そのときのことを思い出してクスクス笑っていると、ようやく涼太さんから返信が来た。

『うん。俺も早く会いたい』

短いけれど彼の気持ちが手に取るように伝わるメッセージに、胸がキュッと締めつけられる。顔がにやけてしまってしょうがない。

「涼太さんも……私と同じ気持ちなんだよね？」

いよいよふたりの関係が進展しそうな予感にドキドキしながら、ハートいっぱいのスタンプを連打《れんだ》した。今度はすぐに来た返事には『送りすぎ』というメッセージと、LOVEと書かれたハートを持ったサメのスタンプが押されていた。

四本目の缶ビールはさっきまでと打って変わって、上機嫌でプルトップを開けた。

涼太さんとメッセージのやり取りを終えた私は、ニヤけた顔を戻せないまま再びスマートフォンのブラウザを眺める。

私の書いた『エリート国防男子の婚活に潜入！』の記事。見るたびに涼太さんへの後ろめたさを抱えた胸は、次のデートへの期待で高揚《こうよう》した気分と混じり合って、新しい気持ちを生み出した。

「……涼太さんと関係を進められたら、打ち明けよう」

ようやく答えが出たような気がする。

もっと涼太さんに私を知ってもらったそのときに。ライターとして仕事を全《まっと》うしたかった気持ちと、不純な出会いだったけれど今はこんなにも彼を好きなことを、伝えようと思う。

傷つけるかもしれないことも、嫌われるかもしれないこともやっぱり怖いけれど。
でも、私の全てをさらして知ってもらったときにならきっとありのままを話せると思った。そう、決意した。

——土曜日。

「よし！　お掃除完璧《かんぺき》！」

私は涼太さんをお迎えするために、朝からバタバタと準備をしていた。

1LDKの賃貸《ちんたい》マンションは、お金に余裕が出てきた二年前にワンルームのボロアパートから引っ越してきた、私の小さなお城《しろ》だ。

バルコニーもあるしトイレとお風呂も別だし、とても気に入っている。駅からは遠いし、家賃もそこそこするけれど、大好きな都会で暮らせることを思えばちっとも不満はない。

自分の力で家賃を稼《かせ》ぎ、自分の自由にインテリアを決めた、私だけのお城。そう思うとこのこじんまりとした部屋が誇らしくて、涼太さんを招くのが楽しみだった。

「……一応は用意しておかないとね」

掃除機を片付けた私は、同じウォークインクローゼットの上の段から圧縮ケースに入れた布団《ふとん》を取り出し、バルコニーに干しておいた。

涼太さんと寄り添って朝を迎えたい気持ちはあるけれど、私のベッドは狭い。体の大きい彼が私と眠るには窮屈すぎて苦痛かもしれないと考え、一応客用布団も用意しておくことにした。

「本当はあの逞しい腕で朝まで腕枕《うでまくら》して欲しいけど、寝返《ねがえ》り打ってベッドから落ちちゃったら大変だしね」

以前、触れたときに知った彼の腕の硬い感触を思い出して、ひとりで顔を赤らめる。我ながら大胆だなあと恥ずかしくなるものの、好きな相手の体に触れたいとか、素肌で抱きしめられたいと願うのは、きっと恋をしていれば自然なことだと思う。だってそんなことを想像するだけで、胸が痛いほどに鼓動が高鳴って恋をしていることを痛感するのだから。

自分にそんな言い訳をしながら、私は掃除でびっしょりかいた汗を流しにシャワーへと向かった。

涼太さんとは夕方に、乗り換えの新宿《しんじゅく》駅で待ち合わせしている。本当は色っぽく浴衣《ゆかた》でも着ていきたいところだけど、移動距離も長いし何より人混みが凄《すご》そうなのでやめておく。

その代わりにいつもより大人っぽいコーディネートを心掛《こころが》けた。ロングスカートに合わせた後ろの襟《えり》ぐりが深いトップス。髪は編み込みのアップスタイルにして、ちょっと大ぶりのピアスを。

「よし、可愛い！」

メイクも済ませ、鏡の前でクルクルと回って自分の姿を確認した。顔もスタイルも平凡な私だけど、平凡なりに綺麗に盛《も》れた気がする。

満足して家を出た私は自分の部屋のベランダに布団が干しっぱなしなのを見て、慌てて戻ってから再出発した。

先週の週末はお互い予定があって会えなかったので、涼太さんの顔を見るのは二週間ぶりになる。

京王《けいおう》線改札の前で壁を背にして立っていた涼太さんは今日も凛々しい顔をしていたけれど、私の姿を見つけた途端、一瞬目を大きくしてから目がなくなるほど満面の笑みを浮かべた。

「青藍さん」と呼びかけて軽く片手を上げたしぐさは落ち着いて見えるけれど、ニコニコの笑顔からは気持ちが駄々《だだ》洩れている。まるで賢い大型犬がお利口《りこう》に〝待て〟をしながらも、尻尾《しっぽ》だけブンブン振っているみたいだ。

彼のこういうところが凄く好きだなあと思いながら、私も喜色満面《きしょくまんめん》で手を振りながら駆け寄る。

「ごめんなさい、待った？」

「大丈夫。今来たところだよ」

百六十五センチの私と十八センチもある身長差にももう慣れた。顔を上向かせて見つめ合うこの姿勢に、幸せを感じる。

涼太さんは手を伸ばして私の耳横のおくれ毛を軽く撫でると、「今日、すごく可愛いね」と言ってくれた。張り切ってしたお洒落を褒《ほ》められて、私はますます嬉しくなってしまう。

けれどなぜだか、涼太さんは「あ」と呟いて気まずそうに口を引き結んでしまった。

「どうしたの？」

「……今日だけじゃなく、いつも可愛い」

「へ？」

気を遣《つか》ってわざわざ言い直した彼に、私は目を丸くしてから肩を震わせて笑った。

この人は私に対して本当に過保護だ。『今日以外は可愛くないってこと？』なんて怒ったりしないのに。

「ふふ、ありがとうございます」

自分の発言が微妙にズレてることに気づいた涼太さんは恥ずかしそうに頭を掻いたけど、すぐに顔を綻ばせると、「行こうか」と私の手を包むように握った。


会場近くの布田《ふだ》駅は、大勢の人で賑《にぎ》わっていた。

花火が始まるまでまだ時間があるので、私たちは見やすそうな場所を探しながら屋《や》台《たい》を回ることにした。

薄暗くなってきた屋外に独特の明かりをつけた屋台がズラリと並ぶさまは、幾《いく》つになっても心躍《こころおど》る。

「いい匂い。色々あって目移《めうつ》りしちゃう」

定番の焼きそば、たこ焼き、あんず飴《あめ》なんかはもちろん、ケバブやワッフルなんて珍しいものもある。匂いに誘われるようにフラフラと歩きだせば、すぐに涼太さんが「迷子になるよ」と手を繋ぎ直してきた。迷子って……。

「迷子になんてならないよ。はぐれても涼太さん背が高いからすぐ見つけられるし。涼太さんの方こそ、私が人混みに紛《まぎ》れちゃったら見つけられなくなるんだから気をつけてよね」

子供扱いされたことにちょっとムッとして言い返せば、涼太さんは間を開けずに
「見つけられるよ」と返した。

「なんでそんなに自信満々《じしんまんまん》なの？　あ、わかった。目がいいんでしょ」

いつも海を見てるお仕事なら目がよさそうだもんね。涼太さんなら百メートル離れた波間のイルカとシャチの区別もつきそう。

「確かに目はいいけど、そうじゃなく……。青藍さんのことなら、どこにいても見つけられる自信があるんだ」

そう言った彼の瞳が、まっすぐに私を映す。

こんなに大勢の人がいるのに、一瞬、世界にふたりだけになったような錯覚《さっかく》を覚えた。

ふいの胸の高鳴りに言葉を返せずにいると、涼太さんは繋いでいない方の手で私の頬をフニッとつついた。

「笑ってたら、きっともっと見つけられる。俺、青藍さんの笑ってる顔が大好きだから」

――ああ。痛いほどに胸が苦しい。

恋をしたのは初めてじゃないのに、こんなに胸がときめきで締めつけられるのは初めてだ。彼が私を好きなんだということを実感するたびに、好きという気持ちがもっともっと膨らんでいく。

「私も涼太さんの笑った顔が大好き」

そう伝えた声は、雑踏《ざっとう》にかき消されてうまく届かなかったかもしれない。けれど涼太さんは応《こた》えるように微笑むと、「行こうか。何食べる？」と手を引いて歩きだした。

なんだか胸がいっぱいで、空腹なんかどこかへ飛んでいってしまった気がする。さっきまでは目移りするほどおいしそうだった屋台の食べ物たちが、胸のときめきの前では霞《かす》んでしまう。

いっそ屋台も花火もどうでもいいから、ふたりきりになりたいな。なんて不純なことを考えていると、涼太さんが「あ。俺、あれ食べたい」とかき氷の屋台を指さして言った。

「喉乾《のどかわ》いてるんだ。買ってくる。青藍さんは？」

「私はかき氷はいいかな」

「ん。じゃあちょっと待ってて」

涼太さんは名残惜《なごりお》しそうに繋いでいた手を離すと、子供が数人並んでいた列の後ろに着いた。何味にするか迷っているみたいで、少しだけ前かがみになって、立てかけてあるメニューを眺めている。

そんなあどけない姿でさえカッコいいなあと、私は遠目《とおめ》に彼を眺めた。

今日はジーンズとTシャツの上にリネンシャツを着て腕を捲《まく》ったカジュアルな格好《かっこう》だけど、やっぱりしなやかな長身は人目を惹く。

かき氷の屋台の前を通る女性がチラチラと彼に注目したり、あからさまに「イケメンじゃない?」なんて会話して通り過ぎていくのを、なんとも言えない気分で見ていた。

涼太さんが女性にモテることは初対面のときからわかっていたことだけど、だからといって心穏やかでいられる訳《わけ》でもない。

『この人カッコいいでしょ！　性格も凄くいいんですよ！　なんと、私の彼氏なんです！』と大声で自慢したくなる子供じみた気持ちと、『あー勝手に見ないで！　私の彼氏なんです！　三秒以上見つめていいのは彼女である私だけの特権《とっけん》なんです！』なんてくだらない独占欲が、頭の中でせめぎ合っている。……我ながら稚拙《ちせつ》で呆れる。

そんなことを考えていたら、いつの間にかかき氷を買い終えた涼太さんが、こちらへ向かって歩いてきていた。

「ただいま。お待たせ」

「おかえりなさい……って、なんか凄い色」

「ブルーハワイとパインのハーフにした」

鮮《あざ》やかすぎる水色と黄色のシロップがかかった氷の山を、涼太さんは器用に掬《すく》ってひと口食べた。「甘い」と呟いてからもうひと口食べて、「どっちのシロップもたいして味変わらないな」と笑う。

つられてクスクスと笑った私の前に、氷を掬ったスプーンが差し出された。

「味見してみる？」

たわいのないお裾《すそ》分《わ》けに「うん」と頷いて、スプーンに口をつける。冷静さを装っているけれど、本当は胸がドキドキだ。

あと数時間後には夜を共に過ごすのに。間接キスにやけに緊張する。

「おいしい？」と尋ねた涼太さんに、私は緊張を悟《さと》られないように「冷たい」と微笑んで答えた。

……涼太さんはどうなんだろう。間接キス、意識してないのかな。してないか、いくら女性慣れしていないとはいえ、子供じゃないのだから。

気を取り直した私は、あんず飴の屋台を見つけて「あれがいい。買ってくるね」と駆け出した。

のぼりにあんず飴とは書いてあったけれど、実際はみかんやさくらんぼや姫りんごなどの色々なフルーツがあって、水飴の色も透明と水色とピンクの三色があった。カラースプレーもトッピングできるみたいだ。

子供みたいに胸をワクワクさせながらどれにしようか迷っていると、いつの間にか後ろにやって来た涼太さんが「色々あるね。どれにするの?」と声をかけてきた。

「どれも可愛くて迷っちゃう……」

真剣に悩んだあげく私が選んだのは、定番のあんずに水色の水飴を絡めたものだった。

モナカのお皿に入れてもらって、歩きながらそれを食べる。

「いっぱい並んでるときは綺麗だったけど、ひとつだけで見ると水色ってなんか毒々《どくどく》しいかも」

そんな感想を零しながら眉尻を下げると、涼太さんは「こっちもかなり毒々しいよ」と、すっかり溶けて混ざったかき氷を見せてくれた。ほとんど液体になったかき氷は、カップの中で青と黄色が混ざり合って緑色に変色している。

「もう何味だかわかんないね」

「舌も、ほら」

そう言って見せてくれた涼太さんの舌は、人工的な着色料に染まっていた。舌の色がかき氷シロップの色に染まるのはお約束の光景だけれど、涼太さんが舌を見せるとなんだかやけに色っぽい気がして、私は「あはは」と誤魔化しながらも、思わず目を泳がせてしまった。

……なんだか私、今夜のことを意識しすぎているみたい。

涼太さんとの夜が待ち遠しいのは確かだけど、いちいち彼の行動に過剰《かじょう》に反応している気がする。

私ばっかりドキドキしたりソワソワしたりしているのかな。涼太さんは私のことを好きだけど、そんなことを意識している素振《そぶ》りすら全然見せないことを思うと、案外淡白《たんぱく》なのかもしれない。

お互い好き合っていてもこういう部分でギャップがあると、結構つらいものがある。

そんな不安を胸によぎらせながらあんず飴を舐《な》めていると、ふと涼太さんがこちらを見ていることに気づいた。

「あ、食べる?」

「ううん、いい。酸《す》っぱいの苦手だから」

「そうなんだ」

断っておきながら、涼太さんの視線はどういうわけか私のあんず飴に向けられていた。苦手だけど興味があるのかな？

不思議に思いながら歩いていたときだった。賑わいを切り裂くような子供の泣き声が耳に飛び込んできて、私と涼太さんは揃《そろ》って声の方に顔を向ける。

大勢《おおぜい》の人が行き交う道の隅で、小さな外国人の女の子が転んで泣いていた。三歳くらいだろうか。手に持っていたと思われる犬の人形が、不運にも雑踏で蹴られ踏まれ汚れていくのが見えた。

「可哀想《かわいそう》……。お父さんとお母さんはどこ？」

辺りを見回したけれど、両親らしき人がいない。もしかして迷子《まいご》なのだろうか。周囲の人たちがその子を心配そうに見ているけれど、なかなか声をかけられずにいるのがわかった。それもそうだろう。ただでさえこのご時世《じせい》、知らない大人が子供に声をかけるのはためらわれる。そのうえ金髪碧眼《きんぱつへきがん》の見るからに外国の子供だ。言葉が通じなかったらどうしようというためらいもあるのだろう。

けれどあまりに痛々《いたいた》しいその光景に、私も含め数人の周囲の人が動こうとした瞬間。

誰より先にためらわず駆け寄った人がいた。

「Are you okay?（大丈夫？）」

そう声をかけて涼太さんは女の子を起こすと、服の泥をはらってあげてから腕に抱きあげた。迷子の女の子を大人の男性が躊躇《ちゅうちょ》なく抱き上げたことに、驚きや感心や不安そうな視線がすぐに集中する。

「涼太さん！」

彼に悪い誤解《ごかい》が集まらないように、私もすぐさま駆け寄った。

涼太さんは泣いている女の子を優しく宥《なだ》めながら、英語で何かを話しかけていた。

そして道の隅でボロボロになっていた犬の人形を拾って、その子に手渡した。けれど足跡だらけになってしまった人形を見て、その子はますます泣いてしまう。

「まいったな。これじゃ名前もわからない」

まるで迷子の小猫ちゃんだ。泣いてばかりいて名前を聞いてもわからない。

宥めてあげたいけれど、英語を喋れない私は声をかけてあげることもできなかった。

とりあえず迷子センターへ連れていこうとしたとき、あるものが私の目に入った。

「ねえ、涼太さん。あれ！」

涼太さんの服の裾を引っ張って指さしたのは、射的《しゃてき》の屋台だ。景品に、この子が持っているのと同じ犬の人形がある。もしかしてこの子の親が、ここでとったのかもしれない。

射的をみつけた女の子が一瞬泣きやんだのを見て、涼太さんは私に女の子を「ちょっとお願い」と渡すと、屋台へダッシュしていった。

射的の屋台のおじさんと二、三言交わすと、涼太さんは台に置かれているおもちゃの鉄砲《てっぽう》の中からひとつを選んで手に取った。射的ではよく身を乗り出して撃つ人がいるけれど、涼太さんは脚を開きやや前傾姿勢で立つと、しっかりと両手で鉄砲を持ち脇《わき》を締めて構える。

その姿勢があまりにも様《さま》になっていたので、私は後ろで見守りながら思わず息を呑《の》んだ。

引き金を引いた鉄砲からコルクの弾《たま》が勢いよく飛び出し、狙っていた犬の人形を弾《はじ》く。鮮やかに一発で獲物をしとめた涼太さんに、屋台のおじさんは「お兄ちゃん、サバゲーとかしてる人？」と感心しながら、落ちた犬の人形を拾って手渡した。

「Here you go（はい、どうぞ）」

私たちのもとに戻って来た涼太さんから犬の人形を受けとると、女の子はボロボロの人形と見比べてから両方を腕に抱きしめた。その顔には初めて見る笑みが浮かんでいる。

ホッと胸を撫で下ろしていると、女の子はたどたどしい口調で涼太さんに何かを話しかけていた。

「なんて言ったの？」

「ありがとうって。この犬にはマックスとデイジーって名づけたって。それから、『私はマックスとデイジーのお姉ちゃん、ハンナ』だって」

そう教えてくれた涼太さんの顔は綻んで、目尻が下がっている。知らなかったけれど、彼は子供好きなのかもしれない。

それから涼太さんは「これなら迷子センターに行くまでにご両親が見つかるかも」と、ハンナちゃんを肩車《かたぐるま》した。ただでさえ人混みでも目立つ長身の肩車は、まるで展望台《てんぼうだい》だ。ハンナちゃんからも周りがよく見えるし、周囲からもハンナちゃんのことがよく見えるだろう。

すっかり機嫌のよくなった彼女は、ふたつの人形と涼太さんの頭を掴んでニコニコしている。そして目論見通《もくろみどお》り、とても目立っていたハンナちゃんは人混みの中からでも両親に見つけられた。……とはいっても迷子センター目前だったけれど。

アメリカから観光に来ていたと説明したご両親は、涼太さんと私にハグをして深い感謝を伝えた。お父さんに抱っこされて幸せそうなハンナちゃんの顔を見て、こちらもようやくホッとした気持ちになる。

ハンナちゃん一家に手を振って見送ったとき、ドーンと大きな音がして南の空に大《たい》輪《りん》の花が咲いた。

「わ、始まった！」

次々に上がっていく花火に釘づけになるけれど、人が行き交う道端《みちばた》なのでよく見えない。背伸びをして少しでも視界をよくしようとしていると、涼太さんに「あっち行こう」と手を引かれた。

とはいえ、河川敷まで行かなければ遮蔽物《しゃへいぶつ》なしで見るのは難しいんじゃないだろうか。そんなことを考えながら歩いていると、涼太さんは屋台の通りを外れ住宅街の道へ出た。会場の多摩川からは少し離れたけれど、そのおかげで人の混み具合がグッと減る。周りは畑なので、空もよく見えた。

「ここならよく見えるね」

道路と駐車場を隔《へだ》てるフェンスに凭れかかって花火を見上げていると、隣に立った涼太さんが「ごめんね」と謝った。

謝罪された理由がわからず「え？　どうして？」と目をパチクリさせる。

「場所探す時間なくなっちゃって。もっといい場所で見たかったよね」

その言葉を聞いて、彼はハンナちゃんを助けるために時間を割《さ》いてしまったことを謝ったのだとようやく理解した。けれど、やっぱり意味がよくわからない。

「どうして涼太さんが謝るの？　何も悪いことしてないのに。ハンナちゃんを助けたことを後悔してるの？」

「それは……してない」

「なら謝るなんておかしいよ。私、涼太さんのこと凄いなあって思って見てたよ。今どき、誤解を恐れずに子供を助けられることも、ハンナちゃんと英語で会話してたことも。あと、射的のとき凄くカッコよかった！　涼太さんのいいところたくさん見られて、私嬉しかったんだから。謝らないで！」

そう言いきった私を、涼太さんは真剣な顔でまっすぐに見つめていた。色素の薄い綺麗な瞳に、花火のカラフルな光が映り込んでいる。

「わかった。もう謝らない」

その言葉を聞いて私はパッと微笑んだけれど、彼は表情を崩さなかった。そして手を伸ばし、ゆっくりと私の頬を撫でる。

「……キスしていい？」

「えっ……」

まさか思いも寄らぬ問いかけに、胸が大きく鳴った。

住宅街ではあるけれど、周りは畑だし近くに人もいない。夜空を夢のように鮮やかに染める花火がとてもロマンチックで、私はときめきに酔うように瞼《まぶた》を閉じた。

両頬を温かい手が包み込む感触がして、一瞬吐息を感じたあと唇が重ねられた。大切そうに、優しく触れるだけのキス。少しだけ瞼を開くと、涼太さんの綺麗な顔が、色とりどりの花火に照らされていた。

静かに唇を重ねただけのキスだったけれど、彼は離れ際に悪戯《いたずら》っぽく私の唇を舐めていった。その感触にびっくりして、パッと瞼を開く。

「甘い」

見開いた目に映ったのは、照れたように微笑む涼太さんの顔だった。

「甘い……あ、さっきあんず飴食べたから」

「うん。……実はあのときからキスしたいなって思ってた」

あのときじっと見つめられていたことを思い出して、頬が赤くなる。涼太さんってば、そんなこと考えていたんだ。

……キスしたいとか、そういうこと考えてたの私だけじゃなかったんだ。よかった。

初めてのキスの感動と、彼の気持ちが垣間見《かいまみ》えたことが嬉しくて、胸が熱くなる。

彼が好きでたまらない想いのまま見つめていると、涼太さんは「もう一回」と言って、軽く唇を触れ合わせてきた。

チュッという音をたてて唇が離れたあと、はにかんで笑う私を見て涼太さんが目を細める。

「……あの日、青藍さんと出会えてよかった。俺、あなたのことが凄く好きだ」

気持ちを溢《あふ》れさせるように言ったその言葉は、花火のように煌めいていて。

私の心の一ページに、深く深く刻まれた。


午後七時半。

一時間にわたる打ち上げ花火を見届けた私たちは、屋台でたこ焼きとやきそばを買って帰路《きろ》についた。

「あとシーザーサラダ作っておいたの。足りなければパスタもすぐ出来るよ」

「十分だよ。ありがとう」

地元の駅に着いて、徒歩十五分の私のマンションまで手を繋いでぶらぶら歩く。そんな何気ない時間でさえ、ときめきが止まらない。

「ビールと白ワイン冷えてるけど、他にお酒いる？」

家に一番近いコンビニの前で尋ねると、涼太さんは「いや、お酒はいいよ」と手を横に振った。

あれ？　下戸《げこ》だったっけ？　と考えたけれど、以前のデートでは一緒にランチワインを飲んだことを思い出す。

今日は飲みたくない気分なのかな。軽く飲んだ方がいい雰囲気になりそうな気がするけど。それとも真面目な涼太さんのことだから、お酒の勢いに任せるのが嫌なのかもしれない。

そんな妄想《もうそう》に近いことを考えながら、勝手にときめきを加速させる。やっぱり私、期待しすぎだろうか。

角を曲がって見慣れたモダンなマンションが見えてくると、ますます胸の鼓動が速《はや》まった。

「ただいまー。どうぞ、入ってください」

「おじゃまします」

きちんと靴を揃えてあがる涼太さんを見て、彼らしいなあと密かに感心する。

テーブルの前のクッションに座ってもらうと、部屋を見回した涼太さんは「可愛い部屋だね」と言ってくれた。

特に何の変哲《へんてつ》もない部屋ではあるけれど、自分で気に入って選んだインテリアを褒められればやっぱり嬉しい。

「ありがとう。このテーブル、私がこっちに来て最初に買ったものなの。凄く気に入ってて、でも古くなってきちゃったから去年ＤＩＹしたんだ。生まれて初めてニスなんて塗ったよ。でも初めてのわりには綺麗に出来てるでしょう」

テーブルに買ってきたものとお皿を並べながら上機嫌で話す私に、涼太さんも楽しそうに相槌を打ってくれる。

「実はそのクッションカバーも自分で作ったの。どうしてもしっくりくる柄が見つからなくて、自分で作っちゃえ！　って。手芸なんて高校生の家庭科以来だったけど、楽しかった～」

「いいね。青藍さん、毎日が楽しそうだ」

「うん。基本的には楽しいよ。仕事で大変なときもあるけど、でも自分で好きなことが出来る毎日で満足かな」

その言葉に嘘はない。あの冷たい雪と冷たい家族に閉ざされていた頃のことを思えば、なんでも出来る今の生活は天国だ。多少の不便さえも、楽しめる自信がある。

冷蔵庫から冷えたミネラルウォーターを出し、氷を入れたグラスに汲《く》んだ。涼太さんがお酒を飲まないのに私だけ飲むのも気が引けるので、私もミネラルウォーターにしておく。

「乾杯《かんぱい》」

お水で乾杯というのも味気ない気がするけれど、グラスを触れ合わせた。

「今日は楽しかったね。花火、綺麗だった」

「うん。そうだね」

「あ、サラダ食べて。簡単なサラダだけど、このベーコン凄くおいしいお店のなんだ」

「いただきます」

上機嫌で喋っていた私は、ふと、彼の口数が減っていることに気づいた。

……どうしたんだろう? やっぱり涼太さんも緊張してるのかな。もしかしてのんびりご飯食べるより、先にベッドへ行くべきだった?

「えっと……ご飯より先にシャワー浴びる?」

今更《いまさら》だけど仕切り直そうと思って声をかけると、涼太さんは「えっ」とビックリしたようにこちらを見つめた。

テーブルを挟んで視線がぶつかり、しばらく沈黙が流れる。涼太さんは手に持っていたお箸《はし》を置くと、「青藍さん」と真剣な口調で呼びかけてきた。

「話しておきたいことがあるんだけど……いいかな」

こんなときに改《あらた》まってなんだろうと、やけに胸がドキドキする。黙ったまま首を縦に振れば、涼太さんは「その……俺は」と口を開いた。——そのとき。

スマートフォンのコール音が鳴って、涼太さんの雰囲気が一変《いっぺん》する。

緊迫《きんぱく》感を漂《ただよ》わせた顔で涼太さんは「ちょっとごめん」と言うと、スマートフォンの通話ボタンを押しながら部屋から出ていった。

「……誰からだろう？　ってか、何を言おうとしたんだろ」

なんだかソワソワする。どうにも落ち着かない私はクッションから立ち上がると、涼太さんのために脱衣《だつい》所にバスタオルを用意した。

私が脱衣所から戻ると同時に、涼太さんも玄関から戻ってきた。その顔からは緊迫感が消えていない——というより、いつもの彼とまるで違っていた。私といるときの、はにかんだり優しく微笑んだりする涼太さんと全然違う。凛々しいを通り越して、なんだか少し怖いみたいだ。

「ごめん、緊急出航で戻らなくちゃいけない。また連絡する」

「え？　緊急……何？」

「ごめん、また今度」

私の質問に答えることもなく、涼太さんは自分のバッグを掴むと部屋を飛び出していってしまった。一度も振り返らなかった背中がドアの外に出ていくのを、私はただ唖然《あぜん》と見つめる。

「……え？　え？　……は？」

部屋に残されたのは、私ひとりとふたりぶんの食事。それから置き去りの花火の思い出と、甘い夜の期待。

ほんの五分前まで夢のような時間を過ごしていた私は今の状態が把握出来ず、しばらく立《た》ち尽《つ》くしていた。

# 第四章

……引かれた。きっと引かれた。ううん、絶対に引かれた。

月曜日。私は目の下にそれはそれは立派《りっぱ》な隈《くま》を作って出勤した。

土曜日の夜に涼太さんが突然帰ってしまってから、私はほぼ眠れていない。

だって、ほとんど何も説明せずに飛び出していっちゃったんだもん。当然後から何かしらの連絡が来ると思うのが普通のはず。

けれど、待てど暮らせど彼からの電話はおろか、メッセージのひとつも送られてくることはなかった。

業《ごう》を煮《に》やした私は日曜日の夜に思いきってこちらから連絡をしたけれど、メッセージは未読、電話もつながらない有様《ありさま》だ。

あの誠実を絵に描《か》いたような涼太さんが仕事を口実に逃げたうえ、いきなり連絡を絶《た》つなんてよっぽどのことだ。よっぽど――私に幻滅《げんめつ》したに違いない。

「……やっちゃった……」

思い返せば少し……ううん、かなり強引だったかもしれない。まだキスもしていないのに私の方から泊まりにおいでよなんて誘って、メッセージのやり取りでもやたらお泊まりアピールして。考えてみれば、あのときから涼太さんは戸惑っているみたいだった。

あげくに、ご飯中に『先にシャワー浴びる？』なんて……。どんだけがっついてるんだって、絶対に引かれた。ドン引きされた。だから涼太さん、私のことが嫌になって逃げちゃったんだ。

……そもそも、こんな私が涼太さんみたいな高スペックで性格もいいイケメンと付き合えていたことが奇跡だったのかもしれない。それなのにあんな醜態《しゅうたい》をさらして……きっと彼も『なんでこんな子と付き合ってたんだろう』って目が覚めちゃったに違いない。

考えれば考えるほど自分が恥ずかしくて情けなくてカッコ悪くて、穴があったら入りたくなる。失恋は初めてじゃないけど、こんなに自己嫌悪《じこけんお》に陥《おちい》った失恋は初めてだ。

寝不足と悩みすぎでゲッソリとした顔で頭を抱えている私に、隣のデスクの島谷さんが声をかけてきた。

「どうしたの三宅ちゃん。ゾンビみたいな顔してる」

「島谷さん……」

失恋の痛みは誰かに話して励ましてもらった方が立ち直りやすい。けど、さすがに今回は自分が情けなさすぎて、おいそれと話せない。

言うべきか迷って口を噤んでいると、「先週、『週末に彼と花火見にいくんです』って言ってたよね。喧嘩《けんか》でもした？」と、島谷さんが鋭い質問を浴びせてきた。

「じ、実は……」

恥を忍んで打ち明けようかと思ったとき。

「お疲れ様です！」

「きゃっ!?」

突然背後から声をかけられて、私と島谷さんは揃って肩を跳ねさせた。

「あ、すいません。驚かせちゃいました？」

「なんだ、瀧沢さんか……」

振り向いた先にいたのは、瀧沢さんだった。彼はあまり反省していない様子で謝りつつ、一枚の紙を私たちに差し出してきた。

「何？……『お月見会』？　何これ？」

まるでイベントのフライヤーのようなその紙には、『瀧沢拓実《たくみ》主催　お月見会』と洒落たフォントで書かれていた。

「何って、お月見ですよ。来週、中秋《ちゅうしゅう》の名月《めいげつ》でしょ。日本人なら満月を眺めながら酒を楽しまなくっちゃ」

「つまり飲み会ってこと？」

「ピンポーン。早い話がそうっす」

ただの飲み会に随分《ずいぶん》手間をかけたものだと感心していると、瀧沢さんは裏面の参加者欄《らん》をトントンと指で叩いて私の方を向いた。

「行きますよね、三宅さんは。だって『今度みんなで飲みにいこう』って発案したのは三宅さんなんですから」

「えっ。……あー……」

そういえば以前、瀧沢さんからふたりで飲みにいくのを断ったときにそんなことを言った気がする。

でもそれは遠回しに『ふたりきりでは飲みにいかないよ』という意思を社交辞令《しゃこうじれい》に包んで言っただけであって、別に本気で飲み会を開いて欲しかったわけじゃないんだけれども……。

どうしたものかとためらっていると、「へー本当に窓から月が眺められるお店なんだ。面白そうじゃない。私行こうっと」と、フライヤーを読んでいた島谷さんが参加者欄に名前を書いた。

「でしょ？　苦労したんですよ、この店探すの」

ドヤ顔をしながらチラチラこちらを見てくる瀧沢さんの圧《あつ》に負けて、私は気乗りしないまま参加者欄に名前を書いた。飲み会なんて行ってる場合じゃないんだけどなぁ……。

私のため息に気づいているのかいないのか、瀧沢さんはふたりの署名《しょめい》が入ったフライヤーを手に満足そうに笑って、「会費は当日徴収《ちょうしゅう》ですんで、よろしく～」と編集部室から出ていった。


翌週、金曜日の終業後。

あまり気乗りしない飲み会ではあったけれど、参加してよかったと思えたのは、瀧沢さんがひたすら明るい雰囲気に盛り上げてくれたからかもしれない。

「それじゃあ課長の健康を祝して～本日八回目の乾杯！」

「お前、何回乾杯するんだっつーの！」

様々《さまざま》な部署の人が集まった飲み会は和気《わき》あいあいと盛り上がり、心地よく酔った人たちの笑い声に包まれている。

私も、普段はあまり話したことのないWEBニュースサイト編集部の人と交流することが出来た。

「報道の仕事に憧れてこの仕事に就いたんだけど、国政のニュースより芸能人の不倫《ふりん》報道の方がアクセス多いんだもん。ガックリきちゃう」

「へー、そういうものなんですか」

WEBニュースサイトで八年ほど記者を務めている久実《くみ》さんの話を聞きながら、内心密かに反省する。私もどちらかというと芸能人の話題に注目しちゃうタイプだ。これからはちゃんと真面目なニュースも読もう。

「でも今週は国際ニュースも結構注目されてたかな。やっぱ危機感を覚えるニュースはみんな関心があるみたい」

久実さんがギムレットを飲みながら言った言葉に、私は（今週って何かあったっけ？）と小首を傾げる。そんなこちらの様子を察知《さっち》して、久実さんは少し呆《あき》れたように「ニュース全然見てないの？　国籍不明の潜水艦《せんすいかん》が排他的経済水域《はいたてきけいざいすいいき》の近くで発見されたって。ネットじゃ、あの国だこの国だ、威嚇《いかく》だなんだって喧々囂々《けんけんごうごう》よ」と説明してくれた。

今週は失恋のショックで家に帰ってもぼんやりしていたり、気分を変えようとお笑いの動画ばっかり観《み》たりしていたから、そんなニュースがあったなんてちっとも知らなかった。

「もう大人なんだから、関心がなくてもニュースくらいチェックしなさい」

「はい……」

気恥ずかしい思いで頭を掻いていると、瀧沢さんの「いったん締めまーす。二次会行く人は挙手《きょしゅ》～」という声が聞こえて、私は話をはぐらかすように「行きまーす」と手を上げた。


一次会ではほどほどに体面《たいめん》を保っていた酔っ払いたちも、二次会では弾けるのが定番というもの。

二次会場のカラオケに着くなり、参加者たちはどんどんお酒を頼み日頃のストレスを発散させるように歌ってはしゃいだ。今日って情緒《じょうちょ》溢れるお月見会じゃなかったっけ。

そんな疑問はさておき、せっかく来たのだから私も思いっきり楽しむことにした。発散《はっさん》するストレスならば山盛《やまも》りある。

「三宅青藍、歌いまーす！」

ストレスの主な原因は当然失恋だけれども、湿《しめ》っぽいラブソングは歌わない。選ぶのはみんなで歌って踊れるような流行のポップスだ。だって、失恋ソングなんて歌ってうっかり泣いちゃったりしたら大恥《おおはじ》だもの。

歌って、踊って、手拍子《てびょうし》して、飲んで。心の奥底でズキズキ痛む失恋の傷が麻痺《まひ》してきた頃。バッグに入れていたスマートフォンがメッセージの着信を知らせるライトがついて、私は一瞬で酔いが覚めた。

……涼太さん⁉

そんな期待を抱いて取り出したスマートフォンには、大学時代の友人からのメッセージが。

思わず落胆《らくたん》し、未だに涼太さんからの連絡をこんなに心待ちにしていた未練《みれん》がましい自分にさらに落胆し、ガックリと肩を落とす。

せっかく高揚した気分が白《しら》けてしまった私は、「ソフトドリンク取ってくる」と言って賑やかな部屋から抜け出した。

この時間はお酒を飲んでいる人が多いのか、ドリンクバーはひとけがなく静かだった。

「あーあ……」

大きく嘆息《たんそく》し、アルコールのせいでだるい体を壁に寄りかからせる。

涼太さんから連絡が途絶《とだ》えてもうすぐ二週間。失恋は何度も経験してきたのに、今回はいつまでも立ち直れない。あまりにも急すぎる別れだったせいもあるけれど、どうしても彼を非難《ひなん》できない自分がいるからだ。

相手がろくでもない男だったなら、別れて清々《せいせい》したと強がりも言えただろう。自分とは合わない人だったと割り切ることだって出来た。

けれど涼太さんは……違う。誠実で照れ屋で、でも男らしくて、困っている人を放っておけない本当に強い人で。紡《つむ》ぐ言葉は嘘がないから時々不器用だけど、まっすぐな思いに溢れていて。

彼と過ごした季節はまだ少しだけだというのに、いつの間にか好きで好きでたまらなくなっていた。もっともっと寄り添って、彼のことを知りたかった。

理由も告げずに別れて連絡も断つなんて、あまりにも酷い別れ方だと思う。けれど涼太さんがどれほど優しくて真面目な人だったかを知っているから、自分を責めてしまうのだ。彼がそんなにも逃げ出したくなるほど、私は恋人として失格だったのかと。

会いたい。会って話したい。私たち、どこでどう間違えちゃったのかと。

あの夢のようなキスをしたとき、涼太さんの本当の心はどこにあったのか。それを考えると私は夜も眠れなかった。

「……っ、いけない」

つい感慨《かんがい》に耽《ふけ》ってしまったせいで、いつの間にか涙が滲んできていた。

濡れた目尻を慌てて拭い、気を取り直そうとしたとき。

「あれー？　何やってるんですか、三宅さん」

廊下の角からピョコッと出てきた瀧沢さんが、朗《ほが》らかに声をかけてやって来た。

「さっきから姿が見えないと思ったら、こんなところにいたんですか。酔い潰《つぶ》れて廊下で寝ちゃってるんじゃないかと思って焦りましたよー」

「ちょっと飲みすぎちゃったから、ソフトドリンク取りにきたの。っていうか、廊下で寝てるわけないでしょ！　私そんなにだらしなくないから！」

泣いていたのを気づかれないように、わざと大げさに怒ってみせれば、瀧沢さんは「ちぇ、寝てたら俺がおぶって帰っちゃおうと思ったのに」と悪戯っぽく肩を竦めた。

「瀧沢さんにはおぶえないよ。私、重いもん」

平然と答えながら、内心少しドキッとした。それってお持ち帰りってこと？

以前飲みに誘われたときにも思ったけど、もしかして瀧沢さんって私に気があるのかな。

私の言葉に瀧沢さんは得意そうに笑うと、「はあ？　俺こう見えてかなり筋肉あるんですけど。三宅さんなんかヨユーでおぶえますから！」とワイシャツを上腕まで捲り上げた。

「ほら、ほら、すごいでしょ？」

そう言って見せつけてくる瀧沢さんの腕には、確かに力こぶがある。それに作り笑いをし、「本当だ、凄いね」と相槌を打つことが、今の私には出来なかった。

「……あれ。三宅さん？」

泣くのをこらえようと口を噤んで下を向いてしまった私に、瀧沢さんが戸惑った声を出す。

だって、今これは駄目だよ。涼太さんのこと必死に忘れようと思ってるのに。あの日、遊園地で彼の腕に触れたこと思い出してしまう。私を軽く抱き上げた逞しい腕を、はにかんだ笑顔を、思い出して涙が止まらなくなる。

「三宅さん……。大丈夫？」

「……ごめん。ちょっと放っておいて」

そう言ったけれど、瀧沢さんは私から離れていかなかった。

会社の同僚に、こんな姿見られたくない。必死に泣きやもうとするけれど、焦る気持ちが昂《たかぶ》る感情の手綱《たづな》を抑えられなくさせる。

「……彼氏となんかあった？」

そう聞いた瀧沢さんの質問は、至極《しごく》当然だろう。若い女がお酒を飲んだあとにいきなり泣き出すなんて、大抵は恋愛絡みだ。

そんな単純さを見抜かれているようでますます気恥ずかしく、私は「いいから、放っといて」と必死に首を横に振った。

つっけんどんな言い方をした私に瀧沢さんは呆れて離れていくかと思いきや、いきなり肩に手を回して「行こ」と歩き出した。

驚いて振り払おうとしたけれど、「こんなとこで泣いてたら、他のお客さんがドリンクバー使えないっしょ」と言われ、反省しておとなしく足を動かす。

お店の外に連れ出され、ヒヤリと涼しい風が頬にあたった。いつまでも暑いと思っていたけれど、夜はもうすっかり秋だ。風の香りに、季節を感じる。

「そんなに強がらなくていいですよ。今日の……っていうか最近の三宅さん、見てて痛々しいっす。グチくらい幾らでも聞いてあげますから、いつものケロッとしてる三宅さんに戻ってください」

人通りを避けお店の脇に私を立たせて、瀧沢さんはそう言った。

自分でも弱っているとはわかっていたけど、他人から見て痛々しかったのかとますます情けなくなる。

「ごめん、見苦しかったよね。恥ずかしい。月曜からはちゃんとするから。約束する」

「そうじゃなく！」

私の言葉に被《かぶ》せるように、苛立ちを含んだ大きな声が遮った。

「三宅さん、そんなに俺のこと嫌い!? お前なんかには慰《なぐさ》められたくねーって思ってんの!?」

「そ、そんなことないけど……」

「だったら、慰めさせてくれよ！ グチったたって、泣き喚《わめ》いたって、八《や》つ当《あ》たりしたって引かねーから！ 傷心《しょうしん》につけこんで変なこともしねーから！」

心が弱っているときに、誰かからの親切は沁《し》みる。もしこれが普通の失恋だったなら、私は彼の胸に縋《すが》って泣いていたかもしれない。新しい恋で失恋の傷を癒そうと、気持ちを切り替えられたかもしれない。けれど。

「大丈夫だってば！ グチりたいことなんてないんだから、放っといて！」

私はまだ涼太さんのことが好きだから。痛くて仕方がない胸の傷さえ、他の誰かには触れられたくない。

「はぁ!? グチりたくないわけねーだろ！ そんなベソベソして、言いたい文句いっぱいあるんだろ!?」

「ないの！ 私が全部悪かったの！ 私が勝手に泣いてるだけ！ 涼太さんに文句なんてひとつもない！」

「なら俺が言ってやるよ、お前の彼氏最低だよ！ 彼女のことこんなに落ち込ませて泣かせておきながら、『自分が悪い』って思うように仕向けるなんて、最低だ！ そういうの精神的ＤＶっつーんだよ！」

「やめて！ 涼太さんのことなんにも知らないくせに！ 絶対に涼太さんは悪くない！ 瀧沢さんの馬鹿《ばか》！」

激しく言い争う私たちを、通り過ぎる人たちが面白そうに見ていく。すっかり感情の堰《せき》が切れた私の顔は涙でグチャグチャで、もう本当に最低最悪な状況だった。

そんな収拾のつかない事態を収めてくれたのは、瀧沢さんのポケットから鳴ったスマートフォンの着信音だった。

ハッと我に返った様子で電話に出た彼は、「あ、外にいます。三宅さんが気持ち悪くなっちゃったんで、ちょっと風に当たりに……」と説明していた。きっと、私たちがいないことに気づいた誰かが、心配して電話を掛けてきたのだろう。

少し冷静になった私も、ハンカチで目の下を拭う。きっとメイクも崩れて、酷い顔をしているに違いない。

「……みんなもう帰るって。締めるから、中に戻ろ」

通話を切った瀧沢さんが、私を振り返って言う。それに「うん」と素直に頷き、一緒に店内に戻った。

さっきまでのことを気まずいと思いながらも、ふたりとも謝ることはしなかった。まだ頭の中が整理出来ていないのもあるけれど、たぶんお互いに悪いとは思っていないのだ。

前を歩く瀧沢さんの背中を見ながら、(この人、案外頑固《がんこ》だな)なんて考える。けれど彼に対して怒りの気持ちが湧かなかったのは、感情をむき出しにして大声を出したせいか、さっきより気持ちがスッキリしている自分に気づいたからだった。


失恋の傷心も、平日ならまだいい。仕事をしていれば気が紛れる。問題は、時間を持て余す休日だ。

土曜日、私は友達を誘って遊びに出かけた。とにかくひとりで家にいる時間は良くない。色々と考えてしまう。

昼前から出かけ、映画や買い物に行き、夜も友人の家で宅飲みをして一泊する予定だった。それなのに。

「ごめんね！　本当～にごめん！」

「いいって、いいって。気にしないで」

夜になり、一緒に宅飲《たくの》みの準備をしていた友人のアパートに、突然彼女の両親がやって来たのだ。なんでも年に数回、故郷の静岡《しずおか》からアポなしでやって来るらしい。久々の親子の団らんを邪魔するのも申し訳ないので、私は帰ることにした。

「今度穴埋めするから～！」と見送ってくれた友人の言葉を背に、駅に向かいながら、さて、どうしたものかと考える。時間は夜の八時。……今からひとりの部屋に帰るのは嫌だな。

いっそちょっと贅沢《ぜいたく》なホテルにでも泊まりに行っちゃおうかな、なんて考えてスマートフォンを取り出した。スパとかエステの付いてるところがいい。飛び込みで泊まれるところないかな。

――そのときだった。

電話の着信音が流れ、手の中のスマートフォンが震えた。『涼太さん』という着信表示を映して。

「……っ！　えっ⁉　えぇ……っ⁉」

動揺のあまり、スマートフォンを手から落としそうになる。

私は完全にテンパりながらも、通行人の邪魔にならないよう歩道の隅に移動した。

そして大きく深呼吸をしてから、震える指で受話ボタンをタッチする。

『もしもし？』

「あ……」

二週間ぶりに耳にした声。低くて、穏やかで、優しいそれに、消そうとしても消えなかった涼太さんへの想いが一気に溢れ出た。

「りょ、涼太さぁん……っ」

自分でもびっくりするほど、涙がボロボロと出てきた。心を大きな手で掴まれているみたいに、ギュウっと胸が締めつけられる。

『えっ。青藍さん、泣いてる？　大丈夫？　何かあった？』

「涼太さん、涼太さんっ……」

言いたいことも聞きたいこともたくさんあったはずなのに、言葉がちっとも出てこない。

突き放すように私を振ったはずなのに、スマートフォンの向こうで私を心配する声が嬉しすぎて、涙がますます止まらなくなった。

『落ち着いて。今どこにいて、何があったか説明出来る？』

涼太さんは私の身に何かあったのかと本気で思っているようだ。女心がちっともわかっていない彼に、私はしゃくり上げながら必死に説明する。

「違うよっ、何も起きてないよ！　涼太さんが電話くれたから嬉しくて泣いてるんでしょ！　ガン無視されて、もう……もう二度と連絡なんてもらえないと思ってたんだから」

『え？』

「振るなら理由くらい言ってよ！　話し合う余地《よち》くらいちょうだい！　いきなり捨てられたら、ひたすら自分を責めることしか出来ないんだよ!?　私、悩みすぎてこの二週間で三キロも痩せちゃったんだからね！」

『…………』

涼太さんが口を噤んでしまったのを察して、いきなり気持ちをぶつけすぎただろうかと反省する。

謝ろうと口を開きかけたそのとき、受話口から『ごめん』と聞こえた。その声には神妙なほど申し訳なさが滲んでいる。

『俺の説明不足だった。青藍さんに、凄い誤解させてる』

「誤解？」

『俺、振ったつもりも捨てたつもりも、別れたつもりもないよ』

「……え？」

頭が混乱して、すぐには理解出来なかった。

恋人に突然出ていかれて連絡を全て無視されたら、普通は捨てられたと判断するものじゃないだろうか。メッセージに返事どころか既読《きどく》すらつかず、存在を知らんぷりされていると感じて絶望したのが誤解？……意味がわからない。

もともと連絡にずぼらな人ならばそれもわかるけど、涼太さんはそれまで普通に電話もメッセージもくれていたのだ。仕事で多少返事が遅れることがあっても、何日も無視することなんてなかった。

「……嘘。だって、お泊まりドタキャンで出ていって、そのあと連絡無視して……そんなの、振った以外のなんだって言うの？」

唖然としながら聞けば、涼太さんは困ったように『えっと』と前置きしてから話しだした。

『〝緊急出港〟っていって、緊急に艦へ戻らなくちゃいけないことがあるんだ。どこにいても、何をしていても絶対に。二時間以内に戻らなくちゃいけないし、分隊長《ぶんたいちょう》の自分が遅れるわけにはいかないから急いでて……もっとしっかり説明してから行くべきだった。ごめん』

涼太さんの話を聞いて、あの日のことを思い出す。そういえば『緊急なんとか』って言っていた。けど、詳しいことも言わず慌てて飛び出していくから、てっきり私から逃げ出す口実かと思っていた。

「緊急……出港？　って、何？　恵比寿にいたのにわざわざ横須賀まで呼び戻されなきゃいけないほど緊急のことだったの？」

『うん』

「何があったの？」

『ごめん、それは言えない』

「は？」

きっぱりと『言えない』と言いきった彼に、私は再び唖然とする。人に説明してるのに『言えない』って何？　そこ大事なとこじゃないの？

「どうして言えないの？　それじゃ本当なのかどうかわからないよ。詳しくなくてもいいから教えて」

『〝特定秘密〟っていって、他言《たごん》することが出来ないんだ』

複雑な気持ちに囚われて、思わず口を噤んだ。

そうか、国防の仕事ってこういうものなんだ。と痛感すると同時に、そんなのアリ？　と懐疑《かいぎ》的な気持ちも湧いてくる。だって、それを言い訳にしたら何も話せなくなっちゃうじゃない。突然出ていった恋人がどこで何をしているか知ることも出来ないなんて……そんなの、変だと思う。

「……もしかして、連絡が全然とれなかったのもそのせいなの？」

『うん』

その答えを聞いて、私の頭の中はますますゴチャゴチャになってしまった。

こんな言い訳がまかり通るなら、都合の悪いことはドタキャンも無視もし放題《ほうだい》だ。けど、涼太さんがそんな卑怯《ひきょう》な真似《まね》をする人だとは思わない。

でも、それならそれでこんな不便な制度があっていいのかと思う。恋人に何も言えず、連絡のひとつも出来ないなんて。日本中の自衛官の恋人は、みんなこんな状況に置かれているの？　婚活パーティーのとき、恋人が出来ないのは『出会いがない』ってみんな言ってたけど、これも恋人が作れない一因《いちいん》なんじゃないの？

納得いかないことばかりで考えがまとまらず、涼太さんに対する自分の気持ちさえ迷子になりそうになった私は、業を煮やして言い放った。

「涼太さん、会おう！　会って！　会って、顔を見て話がしたいの」

時間はまだ夜の八時過ぎ。それに明日は日曜日だ。時間は十分にあるはず。

涼太さんの『今から？』という声に被せるように、私は通話口に向かって喋った。

「私、今、駅の近くにいるからそっち行く。一時間くらいで着くから。十分でも五分でもいいの、顔が見たいの、お願い。横須賀駅で待ってて」

私の迫力に押されたように、涼太さんは『わかった』と了承《りょうしょう》した。

通話を切ってスマートフォンをバッグに押し込み、こんがらがる気持ちを振り切るように駅までの道を駆けていく。

とにかく会いたい。二週間も無駄な誤解をし続けたやるせない気持ちも、納得のいかない燻るような不満も、涼太さんの顔を見なくては消化出来ないと思った。

友人宅の最寄りの大井町《おおいまち》駅から、乗り換えを経て横須賀駅まで行くこと一時間十五分。

初めて来た横須賀駅は思っていたよりも小ぢんまりとした、可愛い駅だった。

改札を出た私は、駅の出口で窺《うかが》うように中を見ている涼太さんの姿を見つけ、思わず駆け出した。

「涼太さん……！」

私に気づいた彼がこちらを向く。その顔に一瞬の驚きのあと、安堵するような柔らかな笑みが浮かんだのを見た瞬間、あれだけグチャグチャだった気持ちが吹き飛んだ。

「涼太さん！」

気がつけば満面の笑みを浮かべて、彼の前までやって来ていた。うっかり抱き着いてしまいそうになるけれど、人目を気にして耐える。それでも。

「……っ、会いたかったぁ……！」

泣くのをこらえることは出来なかった。

私、泣き虫ってわけじゃなかったんだけどな。涼太さんが過保護なほど優しくしてくれるから、心が脆《もろ》くなっちゃったのかもしれない。

笑みを浮かべながら泣いている私に、涼太さんは面食《めんく》らったようだったけれど、手を伸ばすと頬を包むように涙を拭ってくれた。

「……ごめん。誤解させたり、不安にさせたりして」

武骨《ぶこつ》な甲としなやかな長い指、温かい手のひら。たった二週間なのにこの手のぬくもりが懐かしくて、恋しくて、私は言葉も出せないほど泣いてしまった。

すると、涼太さんは唇をキュッと噛みしめたと思ったら、私を両腕で抱きしめた。

「……本当にごめん」

「……涼太さん……、みんな見てるよ……」

「構わない」

それからしばらく、彼は無言のまま私を抱きしめていた。

秋の涼しい夜風の中で感じる涼太さんの熱は温かくて、心地よくて。それから微かに、潮《しお》の香りを感じた気がした。

涼太さんが抱きしめる腕をほどいたのは、私の涙がようやく止まった頃だった。

「とりあえず、うちへ行こうか」

いつまでも駅前で立ち尽くしているのもなんなので、ふたりで場所を移動することにした。涼太さん曰《いわ》く、カフェやバーで話してもいいのだけれど、知り合いに遭《あ》う可能性が多いので避けたいとのことだ。横須賀基地に所属している隊員たちは官舎を始め、ほとんど近隣に住んでいるらしい。確かにそれなら街は知人だらけだ。

「……さっきのも誰かに見られてたかも」

冷静になった涼太さんはそう呟いて、赤くなった顔を片手で覆った。だから言ったのに。

独身の隊員は官舎に入るものだけど、既婚者《きこんしゃ》と幹部は基地の外に家を持ったり部屋を借りることも出来る。涼太さんも幹部なので、基地からそう遠くないマンションに部屋を借りて住んでいた。

「どうぞ」と案内されたのは、モダンな六階建てマンションの部屋。男性のひとり暮らしとは思えないほど、廊下もリビングも小ざっぱりと綺麗にしていた。

明るい木目《もくめ》調の床に合った、ネイビーとホワイトのラグ。ウッドフレームのソファもネイビーの座面《ざめん》とオフホワイトのクッションで揃えられていて、全体的に青と白を基調にしたインテリアだ。

壁面の本棚には色々なジャンルの本がきちんと並べられ、空いているスペースには観賞用のフェイクグリーンが置かれている。南側と思われる窓辺には、色硝子《いろがらす》のモビールが飾られていた。

「部屋に女の人を招いたの、初めてだよ」と、涼太さんは照れくさそうに言って私をソファーに座らせ、コーヒーを淹《い》れにいった。

「そうなんだ。でもお部屋すごく綺麗」

好奇心でついキョロキョロとしながら言えば、リビングの奥にあるキッチンから「掃除と片づけは訓練生の頃に滅茶苦茶叩《たた》き込まれるから」と答えが返ってきた。叩き込まれるんだ、なんか凄いな。

「整理整頓《せいりせいとん》は自衛官にとって必須《ひっす》なんだよ。部屋が散らかってたら備品を失《な》くしたり、緊急の際にすぐ準備出来ないからね」

淹れたてのコーヒーをふたつ手にした涼太さんが、戻ってきてそう言った。どうぞ、と目の前に置かれたカップからは芳《かぐわ》しい湯気が立っている。

「緊急……って、よくあることなの？」

カップを手に取る前に、電話での話の続きを尋ねた。涼太さんの顔を見てモヤモヤは晴れたけれど、疑問はまだ解決していない。

私の隣に腰を下ろすと、涼太さんはこちらをまっすぐ見つめて言った。

「うん。初動対応《しょどうたいおう》の艦は当番制ではあるけど、基本的には呼ばれたらすぐ戻れるよう、休日でも艦に戻るまでに二時間以上かかる場所へは行けない」

「それじゃあ旅行にも行けないってこと？」

「遠出や絶対に外せない用事なんかは、自分の艦が年次修理のときに合わせる。艦がドックに入ってる間は、さすがに出港出来ないからね」

少し不便だなと思うけれど、案外そんなものかもしれない。一般職だって思う通りに全て休暇が取れる仕事ばかりではないのだから。

「実は先月まで艦がドック入りしてたんだ。だから休日もわりとのんびり過ごせたんだけど、今月から初動対応の当番になって……。呼び出される可能性もあるって、あらかじめ言っておくべきだった。ごめん。嬉しそうな青藍さん見てたら水差すみたいで言えなかった」

「……うん。私こそもっと気を遣えばよかった、ごめんなさい」

今思えば、涼太さんが何か言いたげだったのはこのことだったのかもしれない。あの日、お酒を控えていたのも納得出来た。

そもそも、考えてみたら当たり前のことなのだ。国を、人を守るお仕事に緊急はつきものだ。警察官や消防士も含め国防男子なら、皆それは宿命《しゅくめい》なのだろう。

「その緊急出港になっちゃうと、毎回連絡が取れなくなっちゃうの？」

さらに尋ねた私に、涼太さんは今度は少し考えてから答えた。

「そのときの任務にもよるけど……大体はそうかな。場所によっては電波も繋がらないし」

「あ、そっか。海なんだ」

またしても当たり前のことに気づかされる。日本の沿岸ならまだしも、海のど真ん中でスマートフォンが繋がるわけないのに。

私はもう少し思慮深《しりょぶか》くなった方がいいなと猛省《もうせい》した。

「ごめんなさい……。そっか。そうだよね。ちょっと考えればわかることだよね」

メッセージに既読すらつかないとギャーギャー騒いだ自分が途端に恥ずかしくなった。赤くなった顔を俯《うつむ》かせ、両手で覆って隠す。

そんな私の手を、涼太さんはクスクスと笑いながらゆっくりほどいた。

「そんなもんだよ。陸で暮らしていると、海での生活なんてなかなか想像できないさ」

優しいフォローに絆《ほだ》されて顔を上げると、涼太さんは掴んだ私の手をそのまま握りしめた。

「それに、俺も甘えてた。言わなくても青藍さんならわかってるだろうなって、勝手に思い込んでた」

「え、そう？　わかってるように見えた？」

「え？」

「ん？」

なんだか話が微妙に噛み合ってなくて、お互いに見つめ合ったまま目をパチクリさせる。

「俺たちが参加した婚活パーティーのサイトに書いてあったんだけど、見なかった？

『婚活のいろは』ってページ」

涼太さんの言葉を聞いて、必死に記憶を手繰《たぐ》り寄せた。……そう言われてみるとサイトのメニューの中に、そんなページがあったような気がする。

けど、あのときは参加の抽選に当たるよう幾つかのサイトに申し込んでいたので、いちいち細かい所までチェックしていなかった。ましてや、あちこちの婚活パーティーを取材してきた私に、『いろは』なんて初心者向けのページは見る必要がないと考えていたんだ。

「そのページに、結婚に纏《まつ》わるそれぞれの職種の特徴が書いてあって……自衛官は連絡が取りにくいってことも書いてあったんだよ」

「そ、そうだったの」

あの『いろは』はただの婚活の手引きではなく、『国防男子との婚活のいろは』だったのか。

今更そんなことを知って、私はきちんと確認しなかったことを密かに後悔した。

「そのせいか、パーティーのとき女の人に『どれくらい連絡取れないんですか』って結構聞かれたから……てっきり青藍さんも知ってるんだと思ってた」

私を見つめる涼太さんの目に、微かに疑問の色が浮かんでいる。その気配に、緊張でドキリとした。

本気で国防男子との結婚を考えていた女性と、取材目的だった私とでは、きっと相手に求めた情報が違う。そんなささやかな違和感《いわ》に涼太さんが気づいたかもしれないと思うと、胸の奥にしまっていた後ろめたさが、ドキドキと胸の鼓動を速めた。

「もしかして、警察官か消防士が目当てで自衛官のページは見てなかった？」

冗談めかした口調で、涼太さんが言った。「本当は俺、対象外だったのかな」と目尻に皺《しわ》を寄せて苦笑した彼に、あははと笑い返しながら内心ホッとする。私の目的が婚活ではなく取材だったことには、気づいていないみたいだ。

「違うよ。私、あんまり説明書とか読まなくて。だからサイトの説明も全部は見てなかった。でも、そんな大事なことが書いてあったなら、ちゃんと見るべきだったね。これからは気をつけようっと」

それらしい言い訳をすると、涼太さんは少し拗《す》ねたように唇を尖らせ、私を胸に引き寄せて抱きしめた。

「これから気をつけて見る予定があるの？」

「え？」

「婚活サイト」

「ち、違う、違う。婚活サイトじゃなくって、何事もってこと。説明書とかチュートリアルとか」

思わぬ勘違いで拗ねる涼太さんに、私は焦って首を横に振りながらも噴き出してしまった。可愛い。この人、こんなことでいじけるんだ。

「なら安心した」

和らいだ声で言って、涼太さんは胸に抱きしめた私の頭に頬を擦《す》り寄せる。その甘えた仕草が、とても愛《いと》おしい。

彼の大きな手が私の髪を撫でながら、顔をそっと上向かせる。上げた視界には、愛おしさを湛《たた》えた涼太さんの瞳に私が映っているのが見えた。

「ん……」

深く重なった唇の感触に、体がジンと甘く痺《しび》れる。

もう『キスしていい?』なんて言葉はいらない。お互いがお互いを求め合っていることは、目を見れば十分伝わった。

涼太さんの顔が角度を変え、唇で私の唇を軽く食《は》む。その感触にピクリと体が震えると、背中に回されていた彼の手に力がこもった。

初めてのキスよりもっと彼が恋しくて、欲しくてたまらないのは、振られたと勘違いして悲《ひ》嘆《たん》に暮れた反動だろうか。もう二度と離れたくない、早くひとつになりたいと心と体が叫んでいる。

それなのにまっすぐ私を見つめる涼太さんから目を逸らしたくなるのは、きっとさっき思い出した後ろめたさのせいだ。

「りょ……涼太さん。今日……泊まっていってもいい？」

彼の胸を軽く押しやって顔を離した私は、改めて決心した。今日、必ず、本当のことを打ち明ける。

涼太さんはすぐには頷かず、何かを考えているみたいだった。

……もしかして、また緊急に呼び出される可能性があるのだろうか。そんな嫌な予感が頭によぎったとき、ふたりの間に割って入ったのは今度はスマートフォンの着信音ではなく、ピンポーンというインターホンの音だった。

「ちょっとごめん」と慌てて立ち上がった涼太さんは、部屋の入口近くにあるモニターを見て項垂《うなだ》れた。オンにしたスピーカーからは「堤～！　彼女といることはわかってるんだぞ、早く出ろ～！」とにぎやかな声が聞こえてくる。

「……お友達？」

「……先輩と同期」

涼太さんがため息と共にそう答える間にも、スピーカーからは「お前、出ないと明日『すいてん』のやつらに言いふらすからな。堤航海長が駅で女と抱き合ってたって」ととんでもない台詞《せりふ》が流れてきた。

「……ごめん。出ていい？」と額《ひたい》を抱えて項垂れる涼太さんに、私は頷かざるを得なかった。

「護衛艦『すいてん』砲雷長《ほうらいちょう》、神林英司《かんばやしえいじ》二等海佐です！　堤は防衛大時代からの後輩で、手塩《てしお》にかけて可愛がってやってます！」

「護衛艦『すいてん』機関士《きかんし》、武蔵祐《むさしゆう》一等です！　堤とは訓練生の頃からの親友です！」

「み、三宅青藍です。東京で情報サイトのライターをやってます……」

押しかけ状態で涼太さんの部屋にやって来たのは、実に朗らかな男性ふたりだった。どうやらすでに酔っているらしく、顔が赤い。

ふたりは「いきなりお邪魔しちゃってすみません」と私に謝りつつも、「なんだよ、彼女来てたんなら教えろよ～。俺とお前の仲だろ～」と涼太さんに絡んでいった。どうやら随分仲がいいようだ。

私が少し戸惑っていると、神林さんは涼太さんの肩を強引に組みつつ笑って言った。

「武蔵の嫁《よめ》さんが、駅でこいつが彼女さんと抱き合ってるの見た！　って言うから、俺たち飛んできたんですよ。だって大事件ですよ、超真面目で女の子に縁がなかった堤が人目も憚《はばか》らず女性を抱きしめてるとか。これは真偽を確かめねばと思って、武蔵とやって来たわけです」

どうやら、涼太さんの心配は的中していたようだ。バッチリ知り合いに見られたうえ、まさか先輩たちが押しかけてくるなんて。密集したコミュニティは大変だなと、苦虫《にがむし》を噛み潰したような顔をしている涼太さんを見て思う。

「婚活で知り合ったっていう彼女さんですよね？　こいつ、茶化《ちゃか》されるのが嫌だからってちーっとも彼女さんのこと教えてくれないんですよ」

今度は私に向かって身を乗り出すようにして言った武蔵さんの言葉に、涼太さんは「お前たちが下品なことばっかり聞くからだろ！」と反論してからハッとして口を手で押さえた。

……下品なことってなんだろう。……考えるのはやめとこう。

武蔵さんは手土産《てみやげ》に持ってきた缶ビールやチューハイをテーブルに並べると、そのうちの一本をプルトップを開けて私に手渡した。

「まあ、乾杯しましょ！　俺、いつか堤に彼女が出来たら、訓練生時代の頃の話を聞かせてあげるのが夢だったんだあ」

「なんだよ、その夢は！　ってか、変なこと話すなよ！」

「じゃあ俺は防衛大時代のこと教えてあげますよ！　こいつ一年の校友会のとき――」

「やめてください神林さん！」

涼太さんには悪いけど、普段冷静で穏やかな彼が友人に振り回される姿がおかしくて笑ってしまった。

最初は面食らったものの、神林さんと武蔵さんの訪問は実に楽しい時間をもたらしてくれた。おかげで私もついついお酒が進み、二週間の寝不足と泣き疲れも合わさったせいか、気がつくと抗《あらが》えないほどの睡魔《すいま》に襲われていた。

寝ちゃ駄目。今日は……今日こそは涼太さんと……――。

切なる願いも虚《むな》しく、みんなが盛り上がっている中、私は真っ先に寝落ちしてしまったのだった。

# 第五章

翌日。目が覚めたのは、もうすぐ日曜日が半分終わろうかという時間だった。

「……ん？」

瞼を開き、見慣れない天井を双眸《そうぼう》に映して、私は混乱に陥《おちい》る。……どこ？　ここ。

そして昨日の記憶が頭痛と共にジワジワと蘇《よみがえ》っていくのを感じながら、冷や汗をひとすじ流した。

「……嘘でしょ」

勢いよく体を起こせば、頭にズキンと痛みが走った。完全に二日酔いだ。

私が寝ていたのはベッドだった。清潔な白いシーツに、ブルーの掛け布団。涼太さんのベッドに間違いない。

けれども隣に涼太さんはいない。シングルベッドのど真ん中で眠っていたのは私だけだ。

そしてもちろん、服も着《き》の身着《き》のままである。甘い夜を過ごした形跡は、これっぽっちもない。

つまり私は――酔っぱらって寝落ちしたあげく、涼太さんにベッドまで運ばれ、彼の寝床を奪ってひとりで爆睡《ばくすい》していたということだ。

「さ、最悪……」

思わず両手で顔を覆って項垂れた。

初めてのお泊まり、今度こそ涼太さんと一線を越えるはずだったのに……まさかの寝落ちとは！

しかも、カーテンを開けば外はもうすっかり日が高く昇っていた。ベッド脇に置いてあったバッグからスマートフォンを取り出して、十一時四十五分という時刻表示に眩暈《めまい》がした。私、十二時間近く寝ちゃったの⁉

今度こそふたりで過ごす初めての夜だったというのに、こんな間抜《まぬ》けすぎる顛末があっていいのだろうか。私はショックのあまり項垂れたまましばらく動けないでいた。

……ああ、時間を巻き戻したい……。

しばらくして気を取り直した私は、コンパクトミラーを見て半端《はんぱ》に残っていたメイクを落としてから寝室を出た。よりによって彼に初めて見られた寝顔が、メイクの崩れた赤ら顔だなんてと、ますます落ち込みながら。

「……お、おはよう。涼太さん……」

涼太さんはキッチンで何かを作っていた。お昼ご飯だろうか。

「おはよう、起きた？」

私に気づいた涼太さんがボウルの中身を混ぜていた手を止め、こちらにやって来る。

キッチンの入口に隠れるように立っていた私は、「来ないで！」とすかさず壁に身を潜めた。

「すっぴんだし、顔むくんでるし、頭ぼさぼさだし、お酒臭いかもだから……こっち来ちゃ駄目」

顔を見せないように隠れながらおずおずと言った私に、彼は目をまん丸くしてからククッと笑い出した。そしてクルリと背を向けて、再びボウルをかき混ぜながら言う。

「洗面所にタオルとか歯ブラシとか用意してあるから、好きに使って」

「ありがとう……」

準備のいい彼に感謝しながら、私は洗面所に向かった。キッチンから聞こえたクスクスという笑い声は、聞こえなかったことにしようと思う。

「昨日はごめんなさい。……酔い潰れたあげく、ベッドまで取っちゃって……」

身支度《みじたく》を整え、ようやくまともな姿になった私は、涼太さんの作ってくれたカルボナーラを一緒にリビングで食べた。

こんな迷惑をかけに来たはずじゃなかったのにと、申し訳なさのあまりしょんぼりしてしまう。

けれど涼太さんはフォークにパスタを巻きつけながら、ニコニコしてこちらを向いた。

「全然。青藍さんの可愛い寝顔見られて楽しかったよ」

「やめて～！　可愛くないよ、酔っ払いの寝顔なんて！」

どうせなら初めて見せる寝顔は、彼の腕枕で見せる艶《つや》っぽいものがよかった。そんな女心など露知《つゆし》らず、涼太さんは「写真撮《と》っとけばよかったかな」なんて言っている。勘弁《かんべん》して。

私がベッドを取ってしまったせいで、彼は昨夜はソファーで寝たようだ。神林さんと武蔵さんは日付が変わる前に帰ったらしい。

「こちらこそ、昨日はうるさくなっちゃってごめんね」

そう言って涼太さんは友人が押しかけて来たことを謝ったけれど、楽しい時間を過ごせたのだから構わない。そもそも涼太さんのせいじゃないし。

ただ……いい雰囲気が中断してしまったことだけは心残りだ。さすがに昼の光が爽《さわ》やかに降り注ぐこの時間に、昨日の続きをするのも気が引けるし。

まあきっと機会は幾らでもあると気を取り直し、私はおいしく平らげたパスタのお皿の前で手を合わせる。

「ごちそうさまでした。おいしかった。涼太さん、お料理も出来るんだね」

「簡単なものだけね。艦で三食食べることが多いから、普段料理はあんまりしないかな」

「そうなんだ。あ、あれでしょ。海上自衛隊って言ったらカレー！　金曜日に食べるんだっけ？」

数少ない私の海自の知識を披露《ひろう》すれば、涼太さんは食器を片付けながら「正解」と頷いた。

「毎週なの？　飽《あ》きたりしない？」

「飽きないよ。おいしいし、栄養バランスも考えられてるし」

「ふーん。私も真似して金曜日はカレー食べるようにしようかな」

そんなたわいもない会話をしながら、ふたりでシンクに並び食器を洗った。

「さてと。これからどうする？」

拭き終わったお皿の最後の一枚を棚に戻して、涼太さんがこちらを振り返って言った。

「どこか遊びに行く？　家で映画でも観て過ごしてもいいし」

「それが……。月曜日までに終えなきゃならない仕事が残ってて……」

失恋したと思い込んでいた私は週末に時間を持て余すのが嫌で、仕事を持ち帰っていたのだった。余計《よけい》なことをしたもんだと後悔するけれど、自業自得《じごうじとく》だ。

「そっか。じゃあ少し散歩しながら駅まで行こうか。それくらいの時間なら平気？」

「うん、大丈夫」

せっかくの日曜日を涼太さんとゆっくり過ごせないのは残念だけれど、窓の外は気持ちのいい快晴で、秋の青くて高い空が心を軽やかにしてくれた。

「うーん、いい気持ち」

揃ってマンションの外へ出て、午後の日差しの下で私は大きく伸びをした。暑くもなく寒くもなく、本当に今日は行楽日和《こうらくびより》みたい。二日酔いの頭痛さえも、すっかり良くなった気がする。

今日の涼太さんは七分丈のTシャツにロングカーディガン、クライミングパンツという、休日らしいリラックスした格好をしている。足もともデッキシューズだ。

そんな自然体な彼と並んで歩くのはなんだかいっそうふたりの距離が縮まったみたいで、新鮮な嬉しさがある。ニコニコと喜びを噛みしめながら歩いていると、涼太さんが「コーヒー飲まない？」と足を止めた。

「よくここでテイクアウトするんだ」と彼が教えてくれたのは、一軒のベーカリーだった。カフェのような広めのイートインスペースが隣接している。

「買っていって、歩きながら飲もう」という彼の提案に頷いて、ふたりで一緒にイートインスペースのドアを潜った。

「いらっしゃいませ」と元気な声が響く店内は、暖色《だんしょく》系の壁紙と大きな窓が特徴的な明るい雰囲気だった。昼を過ぎた時間のせいか、店内の席は半分以上が空いている。

イートインスペースとパンコーナーのレジは同一のようで、涼太さんは店に入るとまっすぐにレジカウンターへと向かった。

「いらっしゃいませ、こんにちは」

「どうも」

レジに立っていた女性と顔見知りなのか、涼太さんは軽く頭を下げる。

見たところ二十歳前後くらいだろうか。ショートボブのよく似合う可愛らしい顔立ちのその女性は、接客にしては過剰《かじょう》なほどのスマイルで涼太さんにメニューを差し出した。

「今日はお休みですか？」

「ええ」

「お散歩ですか？　お天気いいですもんね」

「そうですね」

「私もバイトあがったらヴェルニー公園に散歩に行こうかな。今日って『すいてん』見れます？」

「今日はわりと見やすい位置にいますよ」

「わ、嬉しい。私、護衛艦の中で『すいてん』が一番好き」

斜め後ろに立つ私の存在など眼中にないかのように、女性は楽しそうに涼太さんに話しかけ続ける。

おしゃべりがやまなそうな彼女に、涼太さんは少し困った様子で「オーダーいいですか？」と話を遮った。

「あ、すみません。オーダーどうぞ、〝いつもの〟にしますか？」

『いつもの』という言い方に、彼との親しさを強調されたようで軽く心がざわつく。

けれど涼太さんはそんな水面下の戦いに気づく様子もなく、普通にメニューを指さして言った。

「俺はアイスコーヒーで。青藍さんは？」

振り返った彼に、私は寄り添うようにしてカウンターのメニューを覗いた。

「私はアイス抹茶《まっちゃ》ラテにしようかな」

「アイスコーヒーワン、アイス抹茶ラテワンですね。お会計別々ですかー？」

さっきまでの愛想たっぷりの口調と打って変わって、女性は淡々《たんたん》とオーダーのコールをした。ちなみに私の方はチラリとも見ない。

それから商品を受けとって店の外に出るまで、女性は涼太さんに目いっぱいの愛想を振りまき、私の存在を無視し続けた。

こんなにもわかりやすい態度を取られているというのに、涼太さんは何ひとつ気づいていないのが凄い。

「さっきのレジの人、知り合い？」

再び海の方へ向かって歩き出しながら尋ねると、涼太さんは袋から抹茶ラテを取り出して私に手渡しながら頷いた。

「知り合いって程《ほど》でもないけど。あの店によく行くから、時々話すくらい」

「ふーん。でも乗ってる船のこととか、涼太さんのこと結構知ってたみたいだったね」

「誰か知り合いに海自の関係者でもいるんじゃないかな。この街じゃ珍しいことじゃないから」

「ふーん」

彼女が涼太さんに好意を持っているのは、初めて会った私がたった五分見ただけでもわかるのに。彼は自分に対する好意にはかなり鈍感らしい。

考えてみたら女性慣れしていないのとモテるかどうかは、また別問題なのだ。

婚活パーティーのときはアプローチする女性から逃げおおせた涼太さんだったけど、じっくり時間をかけられる場ならば話は違ってくる。ゆっくり彼の心を開くことに落とし甲斐を感じる人もいるだろう。

そしてさっきのレジの女性がまさにその真っ最中だったことは、想像に難《かた》くなかった。

涼太さんの心が誰かに陥落する前に出会えたことは私にとって幸《さいわ》いだったけれど、彼女からしてみたらとんだ邪魔《じゃま》者の登場に違いない。

もしかしたらこの街にはさっきの彼女のように、密かにじっくりと涼太さんに思いを寄せている女性が他にもいるかもしれない。それを考えると、私は頭痛がズキズキとぶり返してくるような気がした。

今さらだけれど、恋人がモテることの苦悩を痛感する。

「青藍さん？　どうかした？」

思わず眉根を寄せこめかみを手で押さえていると、隣を歩く涼太さんが声をかけてきた。

「抹茶ラテが冷たくて頭がキーンとしちゃった」

まだドリンクには口を付けていないのに、白々《しらじら》しいと思いつつも誤魔化す。

こんなつまらない嫉妬《しっと》を口にして、せっかくのふたりの時間を浪費したくない。そもそも涼太さん自身はモテていることに無自覚なのだ。余計なことを言って自覚させるより、このまま鈍感で、私以外の女性にそっけない彼でいて欲しい。

涼太さんはそんなこちらの思惑《おもわく》などまったく気づかないようで、いつものように柔らかに目を細めながら「そんなに冷たかった？」と私を見つめていた。

昨夜は気持ちが切羽《せっぱ》詰まっていたのと、駅を出てすぐに山側にある涼太さんのマンションに向かってしまったこともあって、横須賀駅がこんなに海の間近だということに気づいていなかった。

「すごーい、本当に海が目の前だ」

駅舎《えきしゃ》の前を通り過ぎ横断歩道を渡れば、あっという間に視界に海が広がった。海沿いの道は公園として整備され、花壇《かだん》に囲まれた遊歩道も備えられている。

木板の床の上を駆け、柵に手をついて身を乗り出せば、海水浴場などとは全然違う海の風景が見えた。

「船だらけ！　本当に基地が近いんだね！　涼太さんの船はどれ？　あれ？」

水上には他ではなかなかお目にかかれない、勇壮な船の数々。その奥にあるのが、基地の湾港《わんこう》だろうか。

すると、先に駆けていってしまった私にのんびりと追いついた涼太さんが、クスクスと笑いながら隣に立った。

「そっちは米海軍の艦。自衛隊のはこっち」

そう言って右を向いていた顔を両手で包み、クイッと左に向かされる。

視線の先にあったのは、見るからに重厚で巨大な船。クルーズ船や輸送船と明らかに一線を画す、戦うための船……ううん、〝艦〟だった。

「うわ……ごっつい……。すごい迫力……」

子供の頃に遠目に見たときとはインパクトが違った。間近で感じる力強さに、圧倒される。

「あれで何人くらい乗ってるの？」

「約百九十人」

「あの鉄塔みたいなのは何？」

「メインマスト。あそこについてるのが対空レーダーと水上レーダー」

「あれって何？」

「54口径127㎜単装速射砲《たんそうそくしゃほう》」

「……なんて？」

「……大砲」

「あ、後ろってもしかしてヘリポート？」

「うん、あれが格納庫。上についてるのがファランクス……ええと、機関砲《きかんほう》」

「それも大砲？　さっきのと違うの？」

「こっちのは追尾レーダーのついた機関銃……って感じでわかるかな」

「うん。なんか凄いね」

「右に見えるのが魚雷発射管《ぎょらいはっしゃかん》。その後ろの真ん中にあるのが90式艦対誘導弾《かんたいゆうどうだん》っていう艦対艦ミサイルの発射筒で、機関砲と速射砲の間にあるのが8連装発射機シースパローっていう艦対空誘導弾」

当たり前だけど護衛艦って火器がいっぱいなんだなと、説明を聞きながら思う。毎日のほほんと暮らしている私にはそれがどうも現実味を帯びて聞こえなくて、まるで映画のセットの説明をされてるみたいだ。

そしていつも穏やかな涼太さんと、火器の説明も噛み合っていないように感じてしまう。

こんなに優しい人が戦うために火器を積んだ船に乗っているなんて。なんだか却《かえ》って実感が湧かなくなってしまった。

「……涼太さんはいつもどの辺に乗ってるの？」

少し怖くなってきてしまった私はぎこちなく微笑んで、火器の説明から話題を逸らした。

すると涼太さんは口もとに弧を描き、どことなく誇らしげに艦の前方を指さした。

「マストの手前にある出《で》っ張《ぱ》った個所、わかる？　あれが航海の指揮を執《と》る艦の目――艦橋《かんきょう》。あそこが俺の場所だよ」

そう話す涼太さんの瞳が、輝いているように見える。きっと彼の目には今、艦橋から望む青い海が映っているのだろう。

……ああ、いつもの涼太さんだ。

彼の綺麗な横顔を見ながらそんなふうに感じて、密かに安堵した。

「そうなんだ。あそこから見える景色って、綺麗？」

「うん。果てしない空と、青藍の海が見える」

そう言って目を細めこちらを向いた涼太さんのことがとても愛おしくなって、私は爪先立ちすると素早くキスをした。

悪戯のように唇を重ねて離れた私を、彼が目を丸くして見ている。その頬が徐々《じょじょ》に赤くなり、はにかむように綻んだ。

「涼太さんのお仕事、カッコいいね。涼太さんを見てると、本当に船が好きなんだなって伝わるよ」

「うん。……天職だと思ってる。この先どうなるかはわからないけど、今は、艦に乗る以外の自分は想像できない」

「私、涼太さんのそういうところ好きだな」

仕事に誇りを持っている人は、男性であっても女性であっても格好《かっこう》いい。

私は今の仕事は嫌いじゃないし、おおむね満足しているけれど、彼のように胸を張って誇れるだろうか。

なんのためらいもなく天職と言いきれる彼が羨《うらや》ましい。それと同時に、その領域に自分が入っていけないことが少しだけ寂しくも感じる。制服を着て海に出たとき、涼太さんは私のことを思い出すことはあるのだろうか。

そんなことを考えていると、大きな手がそっと肩を抱き寄せてくれた。

「そう言ってくれる青藍さんのことが、俺は好きだよ」

優しい手のぬくもりに安堵し、甘えるように身を寄せる。

「私、横須賀に来てよかった。今日、涼太さんの護衛艦が見られてよかったな。ありがとう、涼太さん」

インディゴブルーの海を見たら今日のキスを思い出してくれるといいな、と願いながら。

月曜日。

平穏な日常に戻った私は、今日も満員の山手線《やまのてせん》に揺られ出勤する。

都心での生活にはすっかり慣れたけれど、通勤ラッシュだけはいつまで経っても好きになれない。いや、ラッシュが好きな人間なんていないと思うけれど。

今朝も人の波に圧縮されながら、通勤ラッシュと無縁《むえん》な涼太さんが少し羨ましいなんて思った。

けれど、出勤する人たちで賑わうオフィス街の景色は嫌いじゃない。ここが自分の働く街だと感じて、背筋がしゃっきり伸びる。

会社の入っているオフィスビルに着き、エレベーターに乗り込もうとしたとき、私は心の中で小さく「あ」と呟いた。視線の先にいる瀧沢さんもこちらに気づいたようで、私と同じく心で「あ」と呟いた顔をしている。

気まずさを感じながらも、瀧沢さんが乗っていたエレベーターに乗り込んだ。当然だけど四階で同時に降りて、ますます気まずさが募る。

「……おはようございます」

「……おはようございます……」

ぎこちない挨拶をしたあと、私は彼に謝ろうと心を決めた。

この間の金曜日は、さすがに言いすぎた。酔っていたとはいえ、まるで子供の八つ当たりだった。反省している。

「瀧沢さん、少し時間いいかな?」

私がそう口を開きかけたとき。

「ちょっといいですか」

こちらの言葉に被せるようにそう言った瀧沢さんが、私の手を掴み足早に歩きだした。

「えっ？　ちょっ……」

引っ張られるようにしてついていった先は、誰もいない非常階段の踊り場だった。

「金曜日はすみませんでした！」

周囲に人がいないことを確認するなり、瀧沢さんは深々と頭を下げた。いきなりのことに面食らい、私は固まってしまう。

「あのときは言い過ぎました。三宅さんの言う通り何も知らないくせに、勝手なことばっかり言ってごめんなさい。反省してます」

呆気《あっけ》にとられていたけれど、ハッと我に返って私も慌てて頭を下げた。

「わ、私こそごめんなさい！　心配してくれた瀧沢さんに向かって八つ当たりしたって、反省してる。馬鹿とか言って本当にごめんなさい」

「いえ、八つ当たりしていいって言ったのは俺なんで、謝らないでください。俺が上手く慰められなかったのが悪いんです」

「でも、あれはなかったと思う。二十六歳にもなってイタかったなって、すごく反省してる」

「いやいや、あれは……ククッ」

ペコペコと頭を下げ合っているうちに、その光景の滑稽《こっけい》さに気づきふたりして笑い出してしまった。

「ふ、ははは っ」

「あはは！　朝から何やってるんすか、俺ら」

「本当、可笑《おか》しい」

あっさり仲直《なかなお》りが出来たことに、ホッとする。瀧沢さんがあっけらかんとした性格でよかった。

瀧沢さんは「はー、おかしー」と笑いすぎて滲んできた涙をぬぐったあと、私の方を向いて嬉しそうに口角を上げた。

「よかった、三宅さんが笑えるくらい元気になって。今日もしょぼくれてたらどうやって慰めようか、考えながら出勤してたんですよ」

「あ……」

彼の心遣《こころづか》いが胸に沁みる。あんな喧嘩をした後なのに、そこまで考えてくれていたなんて。

けれどそれと同時に、申し訳なさも感じる。だって、あれだけ騒いだ失恋が本当は私の勘違いだったのだから。

「……えっとね、あの……じつは……」

「もしかして、新しい恋をしようって前向きになったとか？」

「そ、そうじゃなくって……か、勘違いだった？　みたいな……？」

「ん？　何が？」

「私……振られてなかったみたい……」

言ってる意味がわからないとばかりに、瀧沢さんは目を大きく見開いた。そして怪《け》訝《げん》そうに「は？」と言って眉根を寄せる。

「えーっと、話すと長くなるんだけどね……」

説明しようと口を開きかけたとき、スマートフォンがメッセージを着信した。島谷さんから『もう出勤してる？』との連絡だ。

うちの会社はフレックス出勤だけど、いつまでもここで油を売っているのもよくない。瀧沢さんも同じように思ったらしく、自分のスマートフォンを見て時間を確かめている。

「あとでゆっくり話すね！」

「じゃあ今夜。仕事が終わった後で」

そんな約束を急いで交わし、お互いに慌てて自分の部署へと向かった。

男性とふたりきりで飲みにいくのは避けようと思っていたのに、結果としてそうなってしまったことに気づいたのは、瀧沢さんが「グラスワインふたつ。スパークリングで」とオーダーしたのを聞いたときだった。

午後八時半。朝の話の続きをするため、私たちは晩ご飯も兼《か》ねて近くのトラットリアへ来ていた。ふたりともお腹《なか》が空《す》いてたのであれこれ頼んだあと、瀧沢さんがワインを注文したのを聞いて「あっ」と躊躇する声が出た。

「何？　あ、白ワインの方がよかった？」

「……私は炭酸水《たんさんすい》で」

ご飯時《はんどき》にグラスワインの一杯《いっぱい》くらいで何か変わるわけではないけれど、自分なりの誠意としてアルコールはやめておく。

瀧沢さんは「ふーん」とつまらなさそうに呟いたあと、「俺も。炭酸水ふたつで」と店員さんにオーダーを告げた。

「瀧沢さんは飲んでもよかったのに」

「ひとりで飲んだってつまらないし」

親身になってくれている相手に対して壁を作りすぎただろうかと、少し反省した。

けれど好意が見え隠れしている相手だからこそ、迂闊《うかつ》にふたりきりでお酒は飲めない。

「で、長くなる話とやらの続きはどうなったんすか？」

……というか、ずっと瀧沢さんの機嫌が悪い気がする。振られたことが勘違いだったと告げてから。

テーブルに頬杖をつきむくれたような表情をする瀧沢さんに、私は萎縮《いしゅく》気味に「お騒がせしてすみません。じつは……」と、おとといからの顛末を話した。

「へー。自衛隊って面倒くさいんですね」

話を聞いた瀧沢さんは呆れたような口調で言いながら、運ばれてきたカラブレーゼピザをてきぱきと取り分けて私の前へ置く。

「まあしょうがないよね。国防のお仕事なんだし」

私もトマトソースのかかったチキンのグリルを半分取り分けて、瀧沢さんに渡した。

「俺だったら無理。いつ呼び出されるかもわかんないうえ、彼女と連絡一切取れなくなるとか。大体、もし何かあったらどーすんだっていう」

熱々《あつあつ》のピザを頬張りながら言った彼の言葉に、つい頷いてしまいそうになる。確かにそれは私も思うところだけど。

「彼女と言えど他人だしね。緊急時に連絡の優先順位が低いのは、どんな職業だって同じじゃない？　それに、奥さんにはさすがに緊急時には連絡あるらしいよ」

自分に言い聞かせるように冷静を装って返せば、瀧沢さんから「え？　三宅さん、その彼と結婚するつもりなんすか？」と驚きの質問が飛んできた。

「しっ……しないよ！　……多分《たぶん》」

咄嗟《とっさ》に答えてしまってから、（しないの？）と自問自答《じもんじとう》が浮かんだ。

「あれ、しないんだ？」

「しないっていうか……考えたことなかった」

口に運ぼうとしていたフォカッチャを、お皿に置き直して俯く。

結婚……涼太さんと結婚って……どうなんだろう。

考えた途端、お花畑のような幸福感とズッシリとした不安が同時に胸に湧き上がった。

涼太さんは恋人としても最高だけれど、結婚相手としてはもっと素晴らしいと思う。誠実で前向きで親切で、子供にも優しい。きっといいお父さんにもなれるはずだ。女の人にモテるのはちょっと心配だけれど、浮気《うわき》の心配はまずないだろう。

——けど。

自衛官ってどれくらい家庭を顧《かえり》みられるんだろう。

私や子供が病気のとき、緊急出港になったら？　出港中だとクリスマスや誕生日にも帰ってこられないよね？　船がドック入りしてるときじゃなきゃ旅行に行けないなら、子供の夏休みも遠出出来ないの？

考えれば考えるほど、寂しい想像が頭をグルグル駆け巡ってしまう。

旦那《だんな》さんが忙しくてほぼひとり親家庭状態になっている家なんて、今どき幾らでもあることはわかっている。でも……結婚するからには温かい家庭を築きたい。漠然と、けれどもずっとそう思っていた。

私は家族の温かさを知らない。笑い声が絶えない家なんて、私にとってはおとぎ話のような夢物語だ。

十代の頃は自分は結婚なんか絶対にしないと心に決めていた。家族というものに失《しつ》望《ぼう》していたし、新たに望もうとも思わなかった。

けれど上京して社会人になって、考えが変わった。

こっちに来て満たされた生活をしているうちに、自分ならば温かい家庭が築けるんじゃないかという自信がついてきたからだ。

父や母のようにはならない。いつだって夫と子供を愛し、笑顔で明るく過ごすだけ。

贅沢なんて出来なくてもいい。身《み》の丈《たけ》に合った生活と、愛の結晶である子供と、それから——かけがえのないパートナーがいつもそばにいてくれれば、幸せになれるはず。いつだって家族が一緒にいて笑い合えること。それは決して贅沢な望みではないはず。

……ないはずなのに……。

「……俺ならそんな顔させないのに」

「え？」

すっかり悩みに耽ってしまっていた私は、瀧沢さんの呟きでハッと我に返った。

「ごめん、自分の世界に入っちゃってた。何か言った？」

「別に。暗い顔してるなーって言っただけっす」

葛藤が顔に出てしまっていたかと、私は焦って自分の頬を押さえて笑顔を作った。

「顔、暗かった？　ごめんね、食事中に陰気《いんき》な顔して。さ、食べよ。食べよ」

気を取り直し、まだかろうじて温かいピザにかぶりつく。ピリ辛のソースとまろやかなチーズの抜群《ばつぐん》の相性《あいしょう》に、愛想笑いではなく自然と顔が綻んだ。

「ん～、おいし～」

けれど瀧沢さんは「彼氏と結婚のこととか話し合ったことないんすか」と、話題を戻した。せっかくピザのおかげで得た幸福感が、あっさりと消えていく。

「だってまだ付き合って二ヶ月経ってないもん」

「でも会ったのって婚活パーティーでしょ？　そういう話が出たことないんですか？」

「……ないよ」

小さな嘘をついた。確かに私たちの結婚については話し合ったことはないけれど、結婚自体どう考えているかについては、婚活パーティーで出会った日に涼太さんは話してくれた。

『自分が結婚して誰かと人生を歩むなんて想像できなくって』

あのときは結婚に対して消極的だったけれど、今はどうなんだろう。……私との将来も、やっぱり想像できないままなのだろうか。

うっかりまた考えに耽ってしまいそうになり、俯きかけた顔をパッと上げた。

「もうこの話、やめよ！　今ここで話してても意味ないし！　それより知ってる？　今度うちのビルに新しいオフィスが入るらしいんだけど――」

我ながら強引だと思いながらも、無理やり話題を変えた。瀧沢さんは一瞬何か言いたそうに口を開きかけたけれど、結局噤んで私の話に相槌を打ってくれた。

たわいないお喋りとおいしいご飯で時間はあっという間に過ぎ、時計の針が九時半を指す頃、私たちはお店を出て駅へ向かった。

「じゃあまた明日、お疲れ様」

渋谷《しぶや》駅に着き、それぞれの路線へ向かう通路で別れる。軽く片手を振って歩き出そうとした私に、瀧沢さんは「……あの！」と思いきったように口を開いて手首を掴まえてきた。

「また、メシ行きましょう。グチでも悩みでも、今日みたいなくだらねー話でもなんでも聞きますから。俺、うまい店探しておくんで」

手首を掴む少し力のこもった手と、まっすぐな眼差し。社交辞令と呼ぶには一生《いっしょう》懸命《けんめい》すぎる、次の約束。

うぬぼれかもしれないと思って断定《だんてい》出来ないでいた彼の好意が、痛いほどに伝わってきた。

瀧沢さんはきっと好きだとか付き合いたいだとかは言わない。私に恋人がいることを知っているから。好意をはっきりと伝えてしまえば、振られてしまうとわかっているから。

だから彼は決定的な言葉を隠したまま、またふたりで過ごす時間をねだる。同僚という立場を免罪符《めんざいふ》にして、狡《ずる》く、いじらしく。

「……うん。また行こう。今度はみんなも誘って」

それ以外の答えが見つからなかった。彼にこれ以上、期待を抱かせるのは酷《こく》だ。

瀧沢さんはしばらく黙ったあと、ハハッと力なく笑って「りょーかいです」と手を離した。

そしていつもと変わらない様子で「そんじゃ、お疲れ様っす」と手を振って、歩いていった。その背が人混みに紛れていったのを見て、私も背を向け歩き出す。

……瀧沢さんは私なんかのどこがいいんだろう。駅のホームに並びながら、そんなことを考えた。

もし涼太さんと出会う前に瀧沢さんから好意を向けられていたら、私の運命は全然違っていたのだろうか。彼と恋人になって、今日も別れ際にキスをするような、そんな『もしも』の未来もあったのかもしれない。

ぼんやりと想像していたら、ふいにスマートフォンからメッセージの着信音が鳴った。

『お疲れ様。もう家にいる？』

涼太さんからだった。表示されたメッセージに思わず顔が綻ぶと同時に、少し後ろめたさがよぎる。

『今、渋谷駅。これから帰るところなの』

そこまでメッセージを打って、悩んでから付け加えた。

『同僚とご飯行ってたから遅くなっちゃった』

瀧沢さんと食事に行ったことは、悪いことでも隠すようなことでもない。私は私なりの誠意を貫いている。

けれど先回りしすぎて却って言い訳がましかったかも、と後悔したときに、ホームに電車が滑《すべ》り込んできた。

私は涼太さんから返事が来る前に『家に着いたら電話するね』と送り、スマートフォンをバッグに入れて山手線へ乗り込んだ。

## SIDE 涼太

「——その同僚って、男？」

口に出してから、すかさず後悔した。我ながらあまりにも狭量《きょうりょう》すぎる。

けれど彼女が少しためらいを含んだような口調で「……うん」と答えたとき、俺は咄嗟になんと返せばいいかわからず黙ってしまった。

青藍さんとお付き合いをするようになって、もうすぐ二ヶ月。

就寝《しゅうしん》前にする彼女との電話はほぼ日課で、彼女の明るい声を聞いてから床《とこ》に就くことに毎晩幸せを感じていた。

——けれど。今夜はどうやら穏やかな気持ちで眠れそうにない。

青藍さんの帰宅が遅くなった理由が男性と食事に行っていたからと聞いて、自分でも驚くほどに気持ちが曇《くも》った。

会社の同僚ならば、異性とふたりきりで食事に行くことは普通なのだろうか。しかもランチならまだしも、ディナーだ。それって客観的に見れば恋人同士と変わらないのでは？

狭量な疑問が頭の中を駆け巡っているうちに、スマートフォンの向こうから『でもお酒は飲んでないよ。ご飯だけ。ピザ食べたの。少し話したいことがあって、ふたりともお腹が空いてたから』と、彼女が心配そうに説明を付け足した。それを聞いて自分が黙りこくって険悪《けんあく》な空気にしていたことに気づく。

「そうなんだ。ピザ、いいね。今度一緒に食べに行こう」

取《と》り繕《つくろ》うように明るい声を出した。こちらの戸惑いを察されないように。

しかし青藍さんは『うん。今度はイタリアン食べに行こう』とはしゃぐように言ったあと、少し間を空けて『……涼太さんはこういうの、嫌？』とこちらの心を確認するように尋ねてきた。

「こういうのって？」

『私が、その……男の人とご飯に行ったりすること』

思った以上に直球の質問だった。俺の心の狭さを見抜かれたみたいで、うっかり動揺しそうになる。

しかも俺は、その質問にすぐに答えられなかった。

……本音を言えば、嫌、なんだと思う。

今まで考えたこともなかったが、青藍さんが他の男と笑みを交わし合って楽しい時間を過ごしている姿を想像したら、たまらなく苛立ちが募った。彼女にではなく、相手の男に対して。

その笑顔も彼女の幸福な時間も、俺だけのものなのに——と、自分の独占欲の深さを初めて知った。

けれど、それをくだらないと思う自分もいる。ただの食事だ。浮気でもなんでもない。社会人である以上、異性と食事に行く場面など当たり前にあるはずだ、と。

恋人とはいえ彼女の行動に制限をかけるような真似はしたくない。青藍さんを信頼している。彼女の行動は彼女が選択するべきで、その権利を奪うのは横暴《おうぼう》以外の何物でもない。

「嫌じゃないよ。仕事の付き合いだってあるだろうし。俺のことは気にしないで、楽しんで」

口から出たのは、子供じみた本音を隠した大人としての答えだった。

青藍さんはスマートフォンの向こうでホッとしたように『うん、ありがとう』と言った。それを聞いて自分の答えが正解だったと、安堵する。

「それじゃあ、また明日」といつものようにおやすみの挨拶をして、電話を切った。

腰掛けていたベッドにそのまま仰向《あおむ》けに倒れ込み、深く嘆息する。

「……どんな男なんだろう」

胸の曇りは、まだちっとも晴れていなかった。それどころか時間を刻《きざ》むごとに悶々《もんもん》とする。

余裕ぶって『俺のことは気にしないで、楽しんで』なんて言わなければよかった。明日も青藍さんがその男と食事に行ってしまったらどうするんだ。

見知らぬ男に彼女と楽しく過ごす時間を提供したみたいで、自分に腹が立つ。

そしてそれと同時に、器の小さい自分に嫌気《いやけ》が差した。

これは嫉妬だ。完全に嫉妬だ。

あまり他人を妬《ねた》んだり羨んだりするタイプではないと思っていたけれど、どうやら間違いだったらしい。今の俺はとんでもなく醜《みにく》い嫉妬男だ。

「カッコ悪……」

呟いて、顔を両手で覆った。幾つもの感情がこんがらがって、頭の中がまとまらない。青藍さんの質問に、なんて答えるのが正解だったのだろう。

いい歳をして情けないことこの上ないが、男女交際に疎い俺にはわからない。世の男は皆、恋人が異性と食事に行くくらいで嫉妬しないものなんだろうか。俺だけが嫉妬深く心が狭いのだろうか。

自己嫌悪に苛《さいな》まれ嫉妬に焦がれ、すっかり心を乱した俺はこの夜、安眠どころかほとんど眠ることが出来なかった。

翌日。定時を一時間ほど超え職務を終えた午後六時。

同期の武蔵と飲みにいく約束をした俺は、待ち合わせた総監《そうかん》部の正門まで小走りで向かった。

「悪い、待たせたか」

すでに来ていた武蔵に声をかければ、「いや。それより珍しいなあ、お前から飲みに誘うなんて。もしかして彼女となんかあったか」と、さっそく鋭い指摘を受けた。

「……その話は店に行ってからな」

「マジか！　いやあ驚いたなあ！　お前から彼女の相談を受ける日が来るなんてなあ」

楽しそうに目を輝かせる武蔵に、俺は「ここではしゃぐなよ」と口もとに人差し指を立てて睨《にら》む。ただでさえ俺に彼女が出来たという話題が、面白おかしいニュースとして艦内に知れ渡っているのに。これ以上周囲に、俺の恋路《こいじ》を娯楽《ごらく》として提供したくない。

「行こう。なるべく知り合いのいなさそうな店がいいんだ」

そう言って歩き出すと、武蔵は俺の隣に並んで街の方を指さした。

「だったら、いい店知ってるぜ。会員制で個室が取れるんだ。そこなら心置《こころお》きなく話せるだろ」

武蔵は基本的に明るくノリがいいが、悪ノリはしない。真剣でなくてはいけないラインはわきまえていて、俺はこいつのそういうところをとても信頼している。

「助かる。じゃあそこにしよう」

「町中、知り合いだらけだからなあ。内緒話《ないしょばなし》出来る場所は押さえておかなくちゃな」

そんな会話を交わしながら、日暮れの道を歩く。空はすっかり秋の物悲しい色に染まっていた。

武蔵の教えてくれた店はビルの地下にあるバーだった。会員制だけあって店内は落ち着いた雰囲気に満ちていて、客も物静かに酒を嗜《たしな》んでいる。

入口で武蔵が何やら話すと、店員は奥にある個室へと案内してくれた。部屋には扉もついていて、これなら他人が立ち聞きするような心配もない。

席に着いて、オーダーしたラムのボトルがテーブルに置かれると、武蔵はグラスにそれを注ぎながら「で、何があったんだ」と切り出した。

「……ものすごくくだらないことで悩んでるとは、自分でもわかってる」

俺はグラスを受けとりながら、そう前置きをして話した。

「……彼女が会社の同僚の男とメシを食いにいくのって普通なのか？　嫌だと思う俺って心が狭いと思うか？」

こちとら大真面目に打ち明けたというのに、武蔵は口に含んだラムを噴き出しそうになってこらえ、盛大に咽《むせ》た。

「お前……っ、もういい。真面目に話した俺が間違いだった」

俺の悩みは噴き出さずにはいられないほど滑稽なものだったのかと、途端に恥ずかしくなってくる。やっぱり人に話すんじゃなかった。

まだ酒に口をつけていないのに赤くなった顔を背《そむ》けると、ゴホゴホと咳込みながら武蔵が「ごめん、すまん、悪かった」と謝ってきた。

「いや、しかし……三十三歳でそれってどうなんだ。今日日《きょうび》、高校生でもそんなことで悩まないぞ」

「悪かったな。高校以来、女性と付き合ったことがなくて」

半《なか》ばむくれて言い返し、ラムのロックを呷《あお》る。恥ずかしいほど青臭いことで悩んでいる自覚はある。だからこそ、人目を忍んでこうして打ち明けているというのに。

「あー……そういやそうだったな」

納得したように武蔵が呟く。この職場も防衛大も、異性との接触はとにかく少ない。そのうえ俺みたいに自分から積極的に出会いを求めに行かないタイプだと、こんなふうに恋愛とは十年以上ご無沙汰《ぶさた》なんてことも珍しいことではない。

とはいえ自衛官になってすぐに恋人を作り、二十代前半で結婚して今や二児の父親になった武蔵から見れば、俺は理解しがたいような生き物なんだろう。

「いや、お前イケメンだしモテるからさあ。恋愛経験値が低いってこと、つい忘れちゃうんだよな」

そんなどうでもいいことを言いながら、武蔵は咽た口の周りを拭き、グラスに酒を酌《く》み直した。

「で、なんだっけ。彼女が同僚の男とメシに行くのが普通かどうかだっけ?」

ようやく本題に触れ、俺は前のめりになって頷く。

「そりゃまあ、普通じゃねーの? 三宅さん、東京でバリバリ働いてるんだろ? 付き合いだってあるだろうし、同僚として相談とか話したいこととかもあるだろうし」

けれど、武蔵の答えを聞いて密かに落胆した。……やっぱり、こんなことを嫌だと思う俺の方が普通じゃないんだと、自分の狭量さに落ち込む。

「……そうだよな。社会人なんだし、それが普通だよな」

　これからは考え方を改めようと決心し、グラスを握りしめる。すると。

「けど、嫌だと思う気持ちもわかるよ。俺だって嫁さんが男とふたりきりでメシに行ったらムカつくと思うし。ただ、独身だったり仕事絡みだったりすると事情が違うから仕方ねーなとは思うけれど」

　続けられた武蔵の意外な言葉に、俺は目をしばたたいた。

「本当か？　俺に同情して言ってるんじゃなく？」

「んなことしねーよ、本当だって。全然気にしないってやつもいるだろうけど、やっぱ自分の彼女が他の男と仲良くしてたら面白くないのが普通なんじゃねーかな」

　そう言って武蔵は苦笑いをした。ホッとした俺は握りしめていたグラスから手を放し、ソファーの背凭《せもた》れに寄りかかる。

「……よかった。俺だけ異常に嫉妬深いのかと思ってた」

「そんなこと心配してたのかよ。お前って本当恋愛に関しては高校生レベルだな」

　ハハッと笑ってグラスを傾けてから、武蔵は眼差しを真剣なものに変えた。テーブルに置いたグラスの氷が滑って、カランと綺麗な音が鳴る。

「けど、自分以外の男とメシに行くなとはなかなか言えないよな。三宅さんには三宅さんの事情や交友関係があるんだし。それを禁止して失ったものを補えるほど、お前は彼女のそばにいてやれないだろ？」

その言葉に、頭が一瞬で冷えた。

思わず背凭れから体を起こし、姿勢を正す。無意識に口もとに手をあてると、噤んだ口が真一文字《まいちもんじ》に引き結ばれていた。

「俺は嫁さんの……梓《あずさ》の交友関係には口出さないようにしてるよ。情報は共有するけど、制限はしない。梓を信用してるし、どんな人間でも梓が選んだのなら、そいつは梓にとって必要な人間だと思ってるから。俺がそばにいてやれない間、梓を支えて笑顔にしてくれる大切な人たちだと思ってる」

武蔵の奥さんの梓さんは、人当たりがよくて交友関係が広い人だ。自衛官の家族を対象にしたレクリエーションのときに、子供を抱っこして活発《かっぱつ》に動いていた姿を思い出す。

そんな彼女を見守る武蔵を良い夫だと思っていたけれど、想像以上に妻を慮《おもんぱか》っていたことに驚いた。

「そりゃ俺だってさ、PTAの打ち上げだからって他の父兄がいる飲み会に行ってほしくないし、ヤンキーみたいなママ友と付き合ってほしくないし、梓の実家ばっか行かないで俺の親にももっと孫の顔見せてやってくれよ、とか内心思うけどさ。でも言わないよ。言えない。俺がいない間、梓を元気にしてくれてるのはその人たちだからさ。俺の航海中、ひとりぼっちで寂しくて笑顔がなくなるよりもずっといい。梓には強く元気でいてほしい。俺のことを一番に思って欲しいけれど、俺以外の拠《よ》り所《どころ》をしっかり持っていてほしいと望んでる」

真剣に語った口調からは、武蔵が梓さんを深く思う気持ちが窺えた。

十年以上の付き合いになるけれど、初めて妻に対する本音を吐露した友人を、俺は格好いいと思った。自分とは決定的に違う。妻を、家庭を持つという覚悟を見た気がした。

俺が真剣に聞き入ってることに気づいた武蔵は、顔をクシャッと綻ばせると「やべ、俺カッコいいこと言い過ぎた？」と照れ隠しに軽口《かるくち》を叩いた。

「いや、本当にカッコいいよ。……俺はそこまで青藍さんのこと考えてあげられてなかった。つまらない嫉妬で悩んだりして、自分が恥ずかしい」

むしろ武蔵と比べてあまりにも自分が未熟で情けなくなってくる。

緊急出港も数ヶ月の長期航海も当たり前のこの仕事。残された相手の寂しさを思えば、俺の嫉妬なんか些末《さまつ》な問題だ。

「そんなにマジに考えるなって。そもそも彼女と嫁とじゃ全然違うんだし。俺だって結婚してしばらく経ってからだよ、そういうふうに考えるようになったのは」

「……結婚……」

ポツリと呟くと、「結婚考えてるんだっけ？　三宅さんと」と、グラスに残っていたラムを飲み干して武蔵が尋ねた。

「……考えてる。俺は」

「『俺は』ってなんだよ」

「まだそういう話を口に出したことはないから。俺が勝手に心の中で、結婚出来たらいいなって思ってる」

「へえー！」と相槌を打った武蔵の目が、楽しそうに三日月《みかづき》形に笑った。

「やっと堤にも結婚願望が出てきたかあ！　いやあ、よかったなあ。お前、本気でこのまま独身貫くかと思ってたぜ」

快活な笑い声をあげて、武蔵は「ほら、乾杯、乾杯」とグラスを触れ合わせてきた。

別に乾杯するようなことじゃない気がするが。

「結婚したいって思える人に会えて本当によかったな。無理やりにでもお前を婚活パーティーに行かせて正解だったわ」

そうなのだ。二ヶ月前、俺が婚活パーティーに参加することになったのは、武蔵と神林さんに勝手に申し込まれたからだったのだ。

それまで脇目も振らず仕事一辺倒《いっぺんとう》でやって来たけれど、三佐に昇進して一区切りついたせいか、周囲からも両親からも『結婚はどうするんだ』と急《せ》かされるようになった。

いつかはするべきだろうかと漠然と考えてはいたけれど、必ずしも必要だとも思えず、煮《に》え切《き》らない態度でいた俺の背中を強引に押したのが武蔵と神林さんだった。『とにかく女の子と喋ってこい』と、勝手に婚活パーティーに申し込まれ、困惑しかしなかったことをよく覚えている。

――けれど。

綺麗な名前だな、と第一印象を受けたその女性は、笑顔も綺麗だった。

明るく壁を感じさせない彼女との会話は楽しくて、一緒にいて居心地がいいと思ううちに惹かれるようになった。

知れば知るほど彼女を特別な存在に感じ、自分が恋に落ちていくのを感じた。もっとずっとそばにいてほしいと無意識に願っていた自分に気づいたとき、『結婚』の二文字が浮かんだ。未来を、生涯を、共にいると約束するその言葉が。

二ヶ月前は勝手に婚活パーティーに申し込んだ武蔵と神林さんを恨んだりもしたけれど、今となってはあそこで背中を押してくれたことを感謝している。本当に、人生何が起きるかわからないから面白い。

「確かに、青藍さんに会えたのは武蔵と神林さんのおかげだよ。ありがとう」

素直に礼を述べると、満面の笑みを浮かべた武蔵がもう一度グラスを合わせてきた。

「そうか、三宅さんのこと真剣に思ってるんだな。だったら、まあ……家族になった後のことも考えないとな」

「ああ」

もしこの先、青藍さんと家庭を持ったとして、俺は武蔵みたいに妻の笑顔を守れるだろうか。長期航海、もしかしたら単身赴任《たんしんふにん》。仕事柄、家族と離れる時間が長くなる可能性は否めない。

陸にひとり残していく妻のために、俺がしてやれることは――。

「そういえば、こないだは悪かったな」

考えに耽りそうになっていた俺の思考を、武蔵の声が止めた。

突然謝られ、なんのことかわからず「ん?」と尋ねると、武蔵はチャームのナッツを摘《つ》まみながら言った。

「ほら、こないだの土曜日。せっかく三宅さん泊まりにきたのに酔い潰れちゃっただろ。あれから大丈夫だったか？」

ああ、そのことかと頷いて、「大丈夫だったよ。すぐベッドに運んだから風邪《かぜ》もひかなかったし。朝、少し二日酔いしてたみたいだけど」と笑って返した。

ところが、武蔵は「……ん？」と眉根を寄せる。

「え？　爆睡ってこと？　朝まで起きなかったのか？」

「うん？　そう……だけど？」

どうして武蔵が不可解《ふかかい》そうな顔をしているのかわからず、こちらまで怪訝な表情をしてしまう。すると武蔵は「マジか～」と嘆《なげ》くと、俺に向かって深々と頭を下げた。

「いや、本当に悪かった。貴重な夜を台無《だいな》しにして。でも次の日も休みだったし、朝からイチャイチャ出来たんだろ？」

そう言いながら武蔵が手で下品なジェスチャーをしたのを見て、ようやくこいつがなんの心配をしていたのか理解した。その類《たぐ》いの話題が超絶《ちょうぜつ》得意ではない俺は、あからさまに苦々しい顔をしてしまう。

「またお前はそういう話を……」

「いやいや、大事なことだろ！　てかふたりきりのときぐらい、ぶっちゃけろよ。どうなんだ？　そっちの相性も悪くないのか？」

俺はこいつの下ネタに遠慮のないところが本当～に嫌だ。何が嬉しくてもっとプライベートなことを他人に暴露しなくちゃならないのか。

口を噤み顔を背けて無視を決め込むも、程よく酔いが回ってきているせいか武蔵はしつこく絡んでくる。あまりにも鬱陶《うっとう》しいので「まだしてないんだから何も話すことなんかない」と突っぱねると、時間が止まったかのように武蔵が固まった。それを見て自分の失敗を悟る。

「……え？　……さすがに冗談だよな？　あれ？　……マジ？」

大げさなほど目を見開いて瞬きをしてみせた武蔵は、次の瞬間さらに大げさにソファーに倒れ込んで「え～!?」と叫んだ。

「ウッソだろお前!?　まだ何もないのに結婚とか言ってたのかよ!?　将来の夢を聞かれた幼稚園児《ようちえんじ》かよ、頭お花畑すぎんだろ！」

酷いツッコミようにカチンときて、苛立ちを露《あら》わにため息をつく。

「うるさい。言っただろ、それだけ真剣に彼女のこと考えてるんだよ」

「いやいやいや、だったらなおさらだろ。体の相性確かめるのは大事だって」

「お前はほんっとそればっかだな。もっと他に大事なことといっぱいあるだろ」

「そりゃあるけどさあ。でも堤はそういうの避けすぎだって。……まさかお前、そっち方面に全然興味ないの？」

「くだらんこと言うな」

なんとも不毛《ふもう》な言い争いに辟易《へきえき》して、俺は再び顔を背けた。これ以上、下種《げす》の勘繰《かんぐ》りをされてはたまらない。

……本音を言えば、したくないわけがない。俺だって健康な男だ、惚《ほ》れた女性と一緒にいれば濫《みだ》りがましいことだって考える。

機会は何度かあった。呼び出しや邪魔が入って結局至《いた》らなかったけれど、しようと思えばそれ以外にもチャンスは作れたはずだった。

けれど、そのことに積極的になれなかったのは、俺の中にためらいがあるからだ。

もし――子供が出来たら。

そんなことにならないよう、もちろん十分に気をつけるつもりでいる。けど、百パーセント安全なわけじゃない。万が一予想外の妊娠《にんしん》をしたとき、青藍さんはどうするのだろうか。

彼女は俺に何度も語った。東京が好きだと。それは生半可《なまはんか》な気持ちではなく、青藍さんにとってそこで仕事し暮らすことは、彼女の魂《たましい》が自由であることの証なのだ。

そんな彼女に、子供が出来たら結婚して一緒に暮らそうと言うのはあまりにも軽率《けいそつ》じゃないかと考える。俺は東京に、一か所に留《とど》まることは出来ないのだから。今は横須賀、じきに高級幹部候補生として市ヶ谷《いちがや》に行くことも決まっているが、今後必ずある異動では北海道《ほっかいどう》から沖縄《おきなわ》までどこに行くかわからない。ようやく自分だけの自由を掴んだ彼女を、子供が出来たからといって強制的に全国津々浦々《つつうらうら》連れ回すことにためらいが生じる。

自分も青藍さんも、『こんなはずじゃなかった』と嘆く未来を選びたくはない。だからこそ彼女を抱く前に、結婚についてしっかり話し合っておきたいと考えるのは、そんなにおかしなことだろうか。

けれど。付き合って二ヶ月。大人の恋人同士が体を重ねるには早くないが、結婚話を持ち出すにはいささか早いかと思わなくもない時期。

そのタイミングに戸惑っているうちに、ここまで来てしまったというのが正直なところだ。

出来ればそのことについても真面目に武蔵に相談したかったのだけど……こんな雰囲気になってしまっては、相談する気も失せた。どうせ俺は頭お花畑だよ。

「……けど真面目な話。最後までしてないから信頼関係が出来てなくて、嫉妬深くなったりするんじゃねーの？」

武蔵がソファーの肘掛《ひじかけ》に頬杖をつきながら、そんなことをボソリと言った。その口調にさっきまでの茶化《ちゃか》した雰囲気はない。

会話が最初の問題に戻ったことで、俺も背けていた顔を戻して正面を向く。

「……そういうものか？」

「俺はあると思うけど。〝自分のもの〟って自信がないから、臆病《おくびょう》になって三宅さんの行動に過敏になるんだろ」

「なんだそれ……」

今どき体の関係を持ったからって〝自分のもの〟なんて女性を所有物みたいに思うことは、あまりにナンセンスだ。けれど。

「のんびり構えているうちに横から掻《か》っ攫《さら》われるなんて、よくある話だもんな。余裕ぶってたって心の奥底じゃ、お前だってハラハラしてるんだよ」

その言葉は少し刺さった。自分の臆病なところを見抜かれたみたいで、つい口を引き結んでしまう。

「まあ、とにかく。三宅さんのこと真剣に思ってるなら、さっさとやってさっさと結婚話までした方がいいと思うけどな。お前みたいな高級幹部候補はのんびりしてる暇もないだろ。横須賀にだっていつまでいられることか」

後半に関しては同意しかない。今後、長期航海はもちろん、幹部高級課程の準備で多忙になる。会えないどころか連絡を取るのもままならなくなるのは確実だ。

長期出港、幹部学校への入校、異動と目まぐるしい日々の中で、愛を育める時間は限られている。だからこそ、一緒にいられる時間を大切に、確実なものにしていきたい。

「……わかった」

真剣な顔をして頷くと、武蔵は「そんな切羽詰まった顔すんなって」と笑いながら、自分と俺のグラスにラムを注いだ。空になったボトルを見て、いつの間にか時間がずいぶん過ぎていたことに気づく。

「大丈夫だよ。そんだけ三宅さんのこと大切に思ってるなら、ちゃんと気持ち伝わってるって。うまくいく、俺が保証する」

武蔵の保証があてになるかどうかはさておき、伊達《だて》に十年以上友達をやってない友人の励ましは心に効く。数時間前まで燻っていた自己嫌悪は消え、目の前が晴れたような気持ちになっていた。下ネタを振ってきたことや、酷いツッコミについては、この際目を瞑《つむ》ろう。

「ありがとう。お前と飲みにきてよかったよ」

微笑んで最後の一杯を酌んだグラスをカチンと触れ合わせれば、武蔵は上機嫌そうに口角を持ち上げて言った。

「そりゃよかった。じゃあ今夜はお前のおごりってことで」

# 第六章

青天《せいてん》の霹靂《へきれき》――って、きっとこういうことを言うのだと思う。

「え？　私が『デートグルメマップ』ですか……？」

「うん、一番フットワーク軽いの三宅だから。よろしくね」

井出さんの指示に、私はデスクの前でしばらく固まってしまった。頭の中で計画を立てようとするけれど、どう考えても破綻《はたん》してしまって途方に暮れる。

「データベースは共有ファイルにあげてあるから、自分のパソコンで確認して」

井出さんにそう促されてフラフラと自分のデスクまで戻り、呆然としたままパソコンを起ち上げた。

「……聞こえたよ、三宅ちゃん。『デートグルメマップ』だって？　大変だね」

隣の席から身を乗り出した島谷さんが同情の声をかけてくれるけれど、愛想笑いを返すことすら出来ない。自分のスケジュール帳と前任者が残した進捗《しんちょく》状況を見比べて、

「無理……」と呟いた。

『デートグルメマップ』は『ウァリエタース』で連載《れんさい》しているコーナーのひとつだ。

名前の通りデートにおススメなレストランやカフェを紹介するありふれたものだけど、グルメネタは鉄板《てっぱん》の人気があって安定したアクセスを稼いでいる。

そんな『デートグルメマップ』がもっとも注目を集める時期が十二月。クリスマス特集は例年五倍から十倍のアクセスがあり、それを見込んで毎年ページを増やしている。

重要なコーナーなので担当者は当然決まっていて、ベテランで都内近郊のお店に詳しい森《もり》さんという人が担《にな》っていたのだけれど……なんと昨夜、彼女が事故に遭《あ》ってしまったのだ。命に別状はなかったものの、腰の骨と腕を折る大怪我でトイレに行くのもままならない絶対安静《ぜったいあんせい》の状態らしい。

当然仕事どころではなく、しばらく休むことになった彼女の担当記事がみんなに割り振られることになり……よりによって一番大きなコーナーが私に割り当てられてしまった。

しかも今は十月、まさにクリスマス特集の取材がスタートしたタイミングだ。

共有ファイルから森さんのスケジュールを開いて見ると、二十数件ものお店がピックアップされていた。すでに取材のアポイントを取ってあるもの、これからアポイントを取るもの、外部のライターさんに依頼するもの、同行するカメラマンのスケジュールと依頼、等々。しかも今年の取材範囲は二十三区内だけでなく首都圏全体にまで及んでいる。

ただでさえ眩暈がしそうな過密スケジュールなのに、加えて私には自分の担当しているコーナーや記事もあるのだ。ふたり分……いや、二・五人分の仕事量も同然だと思う。

「嘘でしょ……。こんなの土日潰しても無理だよ」

頭を抱えていると島谷さんが「頑張って。応援するよ」と言ってくれたけど、そんな励ましも途方に暮れる私には届かなかった。

それから一週間が過ぎた、午後十一時半。

私は誰もいなくなった編集部室で、連日の残業をしていた。デスクにはエナジードリンクの缶がオブジェのように整列している。

取材や打ち合わせなどを昼間に優先的にすることになるので、記事の作成は自《おの》ずと夜になってしまう。まだ一週間しか経っていないのにこんなにアップアップな状態になっていて、果たして無事に十二月に辿りつけるのだろうかと不安がよぎって仕方ない。

「はー疲れた……」

記事の執筆《しっぴつ》がひと段落したところで、キーボードを打つ手を止めて大きく伸びをした。時間を確かめようとデスクに置いていたスマートフォンに手を伸ばすと、画面にメッセージの着信が表示されていた。

『お疲れ様。体に気をつけてね。おやすみなさい』

一時間前に涼太さんから来ていたものだ。

「今日も話せなかったな……」

メッセージをぼんやりと眺めて、ため息をひとつ吐く。

私が忙しいせいで、涼太さんと電話をする余裕もない。かろうじてメッセージのやり取りは出来ているけれど、会話というよりは挨拶程度だ。

涼太さんに会いたい。会って、甘えて、いっぱい話がしたい。疲れれば疲れるほど、そう思う。ギュッと抱きしめられて、あの大きな手で頭を撫でてもらえたら、きっと連日の残業も笑って乗り越えられるのに。

「……今日はもう帰ろ」

なんだかセンチメンタルな気分になってしまった私は、書き終えた記事を保存してパソコンをシャットダウンした。電源が完全に落ちるまでの間に、メッセージに返信を打つ。

『お疲れ様です。今から帰るよ。涼太さんの声が聞きたいな。夢で会えますように。おやすみなさい』

そんな甘えた文面に、甘えた表情のワンコキャラのスタンプを添えて送信した。

フレックスの私と違って、涼太さんの出勤は朝早い。業務開始は八時からになっているけど、実際に船に出勤するのは七時だそうな。

だからもちろん就寝も早く、大体夜の十時頃にはベッドに入ると言っていた。私の帰宅が大体夜の九時から十時ぐらいなので、それから電話で三十分くらい話をして眠るらしい。

あと十五分で日付が変わる時計を見て、さすがにもう寝ちゃっただろうなとあきらめのため息をついたときだった。

静かな編集部室に着信のメロディが鳴り響き、驚いた私は相手の名前を確かめる前に通話ボタンをタッチして電話に出た。

「もしもし?」

『もしもし、青藍さん?』

耳に届いた涼太さんの声に、残業で張り詰めていた気持ちが一瞬でフワッと溶けるのを感じた。

「涼太さん……」

こんな時間まで起きていたの？　と尋ねる前に、『よかった。話せた』と嬉しそうな声が受話口から聞こえた。

『ごめんね、急に。俺も少しだけでも青藍さんの声が聞きたくて。もう駅？　通話大丈夫？』

彼の紡ぐひと言ひと言に胸がキュッと締めつけられるたび、自分が恋をしていることを痛感する。残業でクタクタのはずなのに、今すぐ駆け出して横須賀にまで涼太さんに会いにいきたい衝動《しょうどう》にかられた。

「大丈夫、まだ会社だから。涼太さんこそ寝なくて大丈夫？　もう十二時だよ」

『ちょっとくらいの夜更《よふ》かし、平気だよ。それにしっかり寝るよりも、青藍さんの声を聞く方が元気もらえるから』

どうしてこの人は私の欲しい言葉がわかっているみたいに、全部与えてくれるんだろう。嬉しくて嬉しくて、口角が勝手に上がっていく。

「私も。涼太さんと話したかった。涼太さんの声聞いたら、疲れてたの全部吹き飛んじゃった」

『そっか、よかった。最近、毎日遅くまで残業してるみたいだったから心配だったんだ。仕事忙しいの？』

「うん。怪我で休んでる人の記事を担当することになっちゃって。それでね、取材にも行かなくちゃいけないから……土日もあんまり会えなくなっちゃいそうなの。ごめんなさい」

『あ……、そうなんだ。大変だね』

涼太さんは明るい口調で言ったけれど、一瞬落胆したことが電話越しに感じられた。

「ごめんなさい、どこか行こうって予定とか立ててた？」

『ううん、そんなことないよ。謝らないで。ただ……俺も連絡取りにくくなるかもしれなくて……』

「えっ、また出港するの？　いつ頃？　どれくらい？」

『それは……ごめん、ちょっと』

歯切れの悪くなった涼太さんの言葉に、私は密かに落胆を覚える。

「うん、わかった。戻ってきたらすぐに連絡欲しいな」

彼の仕事が〝言えないこと〟だらけなのはもう理解している。けれどやっぱり不安で寂しい。予告がある分、前よりはマシだけれども、それでも置いていかれるような気持ちになるのはどうしようもない。

これからもこんなことが多々《たた》あるのだろうか。お互いの仕事の都合で会えないあげく、気がついたら涼太さんと連絡が取れなくなって、いつ帰ってくるかもわからなくて。そんなことを考えたら、せっかく元気になった気持ちがさっきよりも萎《しぼ》んできてしまった。

うっかり弱気なことを吐き出してしまいそうになったとき、『あのさ』と真剣な口調で涼太さんが話しだした。

『次に会えたとき、話したいことがあるんだ』

「話したいこと?」

今、電話越しの会話では駄目だということは、何か大切なことなのだろうか。

「わかった」と答えると、安心したような『うん』が返ってきた。

『連絡取れなくなるの、もう少し先だから。それまでは毎日メッセージ送るよ。青藍さんがよければ電話もする。いい?』

再び声に明るさを取り戻した涼太さんの言葉に、私の気持ちも少し浮上した。

連絡が出来なくなって寂しいのは、涼太さんだって同じだ。その寂しさを、彼は今一生懸命埋めようとしてくれている。

「もちろん、嬉しい。でも私しばらくは仕事終わるの深夜になるから……遅いと零時《れい》
回っちゃうかも」

『全然構わない。話せるときに話したい。声が聞きたい。……本当は今すぐ、抱きしめにいきたい』

——ああ、想いは同じなんだ。

そのことが、寂しさに折れそうになった心の真ん中に芯を穿《うが》つ。

「私も同じ気持ち。今すぐ横須賀まで飛んでいきたい、羽が生えたらいいのに！」

力《りき》んでそう言った私に、涼太さんが笑う。

『俺も。空を駆けられる鳥になれたらいいのに』

「渡り鳥みたいな？」

『そうだね。ハシボソミズナギドリとかいいな。飛んでる姿が綺麗で、凄い長距離を飛べるんだ』

「それって、船に乗ってるときに見えるの？」

『うん。波の上を滑るように飛翔するのが見えるよ』

「ねえ、涼太さんが帰ってきたら博物館に行きたいな。鳥とかイルカとか、涼太さんが海で見てるもの私にも教えて欲しい」

私たちには渡り鳥の翼はないから、代わりに未来を約束する。必ず会える。どこの海へ行ったって涼太さんは必ず帰ってきて、私を抱きしめに来てくれる。その約束が、会えない間の心を繋いでくれると信じて。

『そうだね、行こう。約束。渡り鳥も夜光虫《やこうちゅう》もイルカもクジラも、俺が見たもの全部教えてあげる』

電話越しの約束は、まるで指切りみたいだった。

会えなくても、抱きしめられなくても、今はこれでいい。

涼太さんのくれた言葉のぬくもりは、電話を切っても零時を回っても解けない魔法《まほう》みたいに、私の心にしっかりと残った。


それから二週間が経ち、ある日を境に涼太さんからの連絡が途絶《とだ》えた。

朝と夜に必ず来ていた『おはよう』と『おやすみ』のメッセージがなくなり、こちらから送ったメッセージにも既読がつかなくなる。

特定秘密に関する任務についたのだなと納得出来るようになった辺り、我ながら自衛官の恋人が板についてきたように思う。

「今どこにいるんだろう……。危ないことがないといいけど」

今朝も既読のつかない「おはよう」メッセージを送って、スマートフォンの画面を見ながら独り言《ひとりご》ちた。

思い出すのは横須賀の海で見た、火器をいっぱい装備していたあの護衛艦だ。あの火器たちが実戦で使われることなどそうそうないとわかっているけれども、戦うための船であることに変わりはない。そこに涼太さんが乗っているのだと思うと、やっぱり心配になってしまう。

涼太さんは船の操縦《そうじゅう》や情報を管轄《かんかつ》する航海長だから、火器には直接は関わらないみたいだけど。確か神林さんがそっちの担当なんだっけ。砲雷長だっけ、強そうな名前。

「今日も涼太さんが無事でありますように」

どこのどんな神様に宛《あ》てたものかわからないけれど、彼の無事を祈るのが朝の日課になってきた。まさか自分が毎朝恋人の無事を願う日が来るなんて、去年の今ごろは想像もしていなかった。人生何が起きるかわからないものだ。

朝日の差し込む東の窓に祈りを捧げてから、秋物のジャケットを羽織《はお》って家を出た。

秋の爽やかで清々しい空気の朝にもかかわらず、気だるげなあくびが止まらない。相変わらず残業に次ぐ残業のせいで、疲れが取れなくなっている。

それでもまだ先は長く、メインの記事の制作が残っている。

まだまだへたばるわけにはいかないと自分を鼓舞《こぶ》し、コンビニでエナジードリンクと朝食を買ってから会社へ向かった。


――けれど。

人間、気合《きあい》だけではどうにもならない。どんなにエナジードリンクを飲もうと、休めていない体では疲れが蓄積し、パフォーマンスが低下してしまう。

注意力や記憶力が随分と落ちていることを自覚させられたのは、取材の時間を間違えていたことに気がついたときだった。

「申し訳ございません！」

「もう謝罪は結構です。お引き取りください」

勢いよく頭を下げる私に、レストランのオーナーがけんもほろろに背を向ける。

よりによって企画のメインに据えている人気店『Cuisine de génie《キュイジーヌドジェニー》』の取材時間を間違え一時間遅刻した私は、「時間がないので取材はもう無理です」と憤《いきどお》るオーナーに必死に謝り食い下がっていた。

「閉店後でも夜でも構いません、どうかお話と写真を一枚だけでも……」

「こちらはもう開店前の一時間と取材用に用意した料理とを無駄にしているんです。それなのに閉店後まであなたのために時間を割く余裕はございません」

「本当に申し訳ございません。お料理のお代はお支払いします。十分だけでも構いませんので……」

「お代の問題じゃございません。どうぞお引き取りを」

もはや取りつく島もない。オーナーはそう告げると、私をバックヤードへ残して多忙そうな厨房《ちゅうぼう》へと行ってしまった。

ここに突っ立っていても迷惑になるだけだと思い、私はペコリと一礼をして裏口から出ていった。

「……大失敗だ。どうしよう……」

このままでは企画の目玉ページがひとつ潰れてしまう。想定外の事態に頭が真っ白になっていると、同行したカメラマンの小松《こまつ》さんがため息をつきながら言った。

「マズかったですね。ここオーナーが厳しくて取材許可得るの難しいところなんですよ。森さんが去年から必死に頼み込んで、ようやく許可とれたところだったから……多分もう無理だと思いますよ」

ますます私を追い詰めるその話に、泣きたくなってくる。

「……とりあえず、今ここで粘《ねば》ってもご迷惑になるから、会社に戻ってから改めてお詫びの連絡するよ。それから万が一のために他のお店に取材申し込むか、記事の組み換えを検討して――」

これからどうすればいいか必死で考えていると、スマートフォンが鳴った。電話の着信音だと思い慌てて取ると、他のお店の取材を頼んであったライターさんからだった。

「もしもし、三宅です。――えっ？　え、ちょっと。待ってください、そんな――ちょ、ちょっと！　もしもし!?」

弱り目にたたり目、泣《な》きっ面《つら》に蜂《はち》。怒涛《どとう》のように押し寄せてくるトラブルに、私は一方的に通話を切られたスマートフォンを握りしめたまま呆然とする。

「……どうしたんですか？」

今にも白目を剥《む》いて倒れてしまいそうな私に、小松さんが軽く引きながら尋ねた。

「ライターさんが……インフルエンザで明日の取材行けなくなったって……」

「明日？」

「……私も明日のその時間、取材の予定が入ってるんだよね……」

もはやかける言葉もないのだろう、小松さんは「ああ……」と相槌を打っただけで、あとは同情の眼差しを向けていた。

小松さんと別れ、ひとまず会社に戻った私は『Cuisine de génie』へ謝罪のメールを送ってから、大急ぎで明日の取材を頼めるライターさんを探した。

けれどさすがに急な依頼すぎてなかなか引き受けてくれる人が見つからず、途方に暮れる。

「どうしよう……時間をずらしてもらって私が二件とも行けないかな……。駄目だ、どっちも人気店だもん。急な時間変更は迷惑かける。『Cuisine de génie』のこともあるのに、これ以上森さんの顔に泥《どろ》を塗るわけにはいかないよ」

デスクで頭を抱え続けるけれど、事態は何も好転しない。明日の対応に追われているうちに気がつくと時間は夜の八時を過ぎており、部署には今日も私ひとりだけが残っていた。

「やだ、もうこんな時間だ。今日はまだ記事の執筆が全然出来てないのに」

焦って文章ソフトを起《た》ち上げ、書きかけの記事を開いたとき、視界が涙で滲んだ。

「……もうやだ。疲れた……」

心も体も、疲れがピークだった。仕事のトラブルで泣いたことなどなかったのだけれど、睡眠不足のせいか情緒不安定になっているのが自分でもわかる。

何もかも放って逃げ出したい。そもそも私の担当の記事じゃないのに、どうしてこんなに苦労しなきゃいけないの。もうやだ、全部嫌だ。

いったん心が弱音を吐いてしまうと、気持ちがどんどん脆くなっていく。私は顔を覆って泣きながら、ベソベソとしゃくり上げた。

「……涼太さん、会いたいよぉ。助けて……」

こんなとき、涼太さんに慰めてもらえたならなんて心強いだろうと思う。ひと晩だけでいい、あの大きな手に撫でられて優しく胸に抱きしめられて、ゆっくり眠りたい。そうすればきっと、気持ちを立て直してまた頑張ることが出来るのに。

せめて声が聞きたいと思ってスマートフォンに手を伸ばそうとして、それが叶わないことを思い出す。彼は今、私の想いの届かない場所にいる。

「涼太さん、いつ帰ってくるの？　どこにいるの？　寂しいよ……」

連絡のつかないことが、こんなに寂しく感じるなんて。切ない。切なくて、苦しい。

もはや仕事がつらくて泣いているのか、涼太さんに会えなくて泣いているのかわからなくなった頃。

「三宅ちゃん？　どうしたの？　泣いてるの？」

そんな声が聞こえて顔を上げると、びっくりした様子でこちらへ駆け寄ってくる島谷さんの姿が見えた。

「島谷さん……」

「やだ、どうしたの？　どこか痛いの？　大丈夫？」

そう言って心配そうに島谷さんが背中をさすってくれる。私は首を横に振ると、「違うんです。心配かけてごめんなさい」と涙をぬぐった。

みっともないところを見られてしまい恥ずかしいと思いながら、「ちょっと仕事が行き詰まっちゃって」と今日の顛末を話すと、島谷さんは深刻そうに顔をしかめた。

「取材って、明日何時から？」

「午後三時からです」

「それなら、私が行ってあげる」

「えっ……本当ですか!?」

驚いて目を見開く私に、島谷さんはこっくりと頷いてみせた。

「ごめんね。三宅ちゃん、なんのかんの頑張ってたから大丈夫かと思ってた。もっと早く手伝ってあげればよかったね。三宅ちゃんが泣くなんてよっぽどのことだもんね」

思わぬ救いの手が差し伸べられ、さっきまで不安で強張《こわば》っていた体の力がフッと抜ける。顔も自然と口角が緩んだ。

「ありがとうございます、本当に助かりました……」

もっと早く、誰かに助けてって言えばよかったのかもしれない。責任の重さから夢中でやっていたから、そんな簡単なことにも気づかなかった。

明日の詳細を伝えると、島谷さんはそれを手帳にメモし「まかせて」と微笑んだ。そして「三宅ちゃんも、今日はもう帰った方がいいよ。明日少しやることが増えたとしても、今日は帰って寝た方がいい。疲れてるとコストパフォーマンスが低下して、結局捗《はかど》らないものよ」と、もっともな助言をしてくれた。

今日一日でそれを痛感した私は、素直に言うことを聞いてパソコンの電源を落とす。

「そう言えば島谷さんはどうして会社にいたんですか？」

帰り支度をしながら聞けば、島谷さんはハッとして「そうそう」と呟きながら自分のデスクからキーホルダーのついた鍵《かぎ》を取り出した。

「残ってたんじゃないのよ、家の鍵忘れちゃって戻ってきたのよ。玄関の前で気づいたんだもん、まるっと往復しちゃったわ。最悪よ～」

それは大変だったなと思いながらも、彼女が鍵を忘れた偶然に感謝する。もし島谷さんが会社に戻ってこなかったら、私は今も泣きながら仕事をしていただろう。

帰り支度を済ませ一緒に会社から出ると、島谷さんは駅へ向かう道すがら私に言った。

「三宅ちゃん、彼氏とちゃんと会ってる？」

「えっ？」

もしかしてさっきの泣き言を聞かれていたのだろうかとドキリとした。しどろもどろになりながら「実は、最近会えてなくて……」と答えると、島谷さんは「駄目よ～、それってよくないわ」と私の背中を叩いた。

「疲れてるときこそ彼氏に会って癒してもらわなくっちゃ。それに仕事を口実に会えない日が続くと、彼氏の方が『俺より仕事が大事なのか』っていじけちゃうわよ」

出来ることなら私だって会って癒してもらいたい。それに今会えなくなってる理由は涼太さんの方の都合なのだけど、説明するには駅がもう目の前なので、また今度にする。

「休息と癒しは大事よ、忙しいならなおさらね。それじゃ、お疲れ様」

そう言い残して、島谷さんは手を振って副都心線《ふくとしんせん》のホームへと去っていった。

夜の九時前の駅は、まだ人が多い。最近は閑散《かんさん》とした終電ばかりだったので、夜の賑わいが少し懐かしく感じた。

「……会いたいな……」

駅の案内板を見上げながら、ポツリと零した。島谷さんに言われたことが、胸に反響している。

疲れているときこそ会いたい。けれどそれは叶わない――。

少し考えて、躊躇して、けれども衝《つ》き動かされるようにホームへ向かった。いつもの山手線ではなく、埼京線《さいきょうせん》のホームへと。

今の時間ならまだ間に合う。横須賀まで行っても、終電前には帰ってこられる。

我ながら無意味なことをしているとはわかっているけど、止められなかった。そこに涼太さんはいないとわかっていても、彼を感じられる場所へ行きたい。思い出に縋りたい。

スマートフォンで乗り換えを調べながら、相鉄《そうてつ》・JR直通線の電車に飛び乗る。この分ならば十時には横須賀に着けそうだ。

途中の駅から運よく座れた私は、少しでも仮眠を取ろうと目を閉じた。今だけは仕事のことを忘れ、涼太さんのことで頭をいっぱいにしながら。

「き……来ちゃった」

夜十時。駅舎を出て海風を感じた私は、自分が再び横須賀にやって来たのだと実感した。我ながら大胆なことをしたものだと思うものの、涼太さんとの思い出が感じられる景色に、胸が弾む。

「来てよかったかも……」

駅の目の前にあるヴェルニー公園まで進み、デッキの柵越しに海を眺めた。以前、涼太さんと護衛艦を見た場所だ。

夜の海は船や軍港の明かりが暗い水面に反射して、とても綺麗だった。昼間とは違ったロマンチックな雰囲気がある。

「えーと、こっちは海軍基地だから自衛隊の港はこっちだよね」

以前教えてもらったことを思い出し西側を向けば、一隻《いっせき》の船が見えた。護衛艦だと思うけれど、よくわからない。けど涼太さんは今出航中なのだから、これは涼太さんの護衛艦とは違うものなのだろう。多分。

しばらくぼんやりと海を眺めていた。風もなく水面は凪《な》いでいる。

軍港の周囲は船や建物の明かりでキラキラと明るいけれど、その奥の奥には夜の黒い海が広がっていた。涼太さんは今頃、あの黒い海のずーっと向こうにいるのだろうか。

「……海は広いなあ……」

柵の向こうに手を伸ばし、空を掴む。自然を前にすると人は自分のちっぽけさに気づかされるらしいけれど、本当だ。どんなに手を伸ばしたって、たとえこの柵を乗り越えて泳いだって、私は涼太さんには届かない。

――遠い。あまりにも。

そんな当たり前のことを思い知って、胸が切なく締めつけられた。それでも。

「待ってるからね、涼太さん。早く帰ってきてね」

彼を想う気持ちだけは揺らがない。こんなに切なくて寂しくても、嫌いにだけはなれない。涼太さんも私に会いたいのだと信じて、彼が無事に帰ってきてくれることだけを祈った。

海に向かってしばらく祈りを捧げたあと、気が済んだ私は帰ろうと思って踵《きびす》を返した。ここへ来て涼太さんに会いたい気持ちは募ったけれど、孤独は和らいだ気がする。涼太さんが帰ってくる日を心の糧にして、また明日から頑張ろうと思えた。――そのとき。

「あれー？」

私の横を通り過ぎてデッキに向かった人物が、振り返ってそう言った。

手にカフェのチルドカップを持ったその女性は、私をマジマジと見て口を開く。

「あーやっぱりそうだ。堤さんの……」

無遠慮《ぶえんりょ》に話しかけてきた彼女に、私はビックリして一瞬固まったあと「あっ」と、その顔を思い出した。

「ベーカリーの……」

「あ、覚えてました？」

それは、以前涼太さんと一緒に飲み物を買ったベーカリーの店員さんだった。制服ではなく私服だったので、すぐには気づかなかった。

……正直、あまりいい印象はもっていない人だ。だって明らかに涼太さんへの好意が見えているんだもの。

それにしても、まさか話しかけてくるとは思わなかった。そもそも私のことを視界に入れていなかったのに、顔を覚えられていたとは驚きだ。見ていないようで、しっかり見ていたらしい。

思いもよらない事態に私が怯《ひる》んでいると、彼女はさらに「こんなところで何してるんですかー？」と話しかけてきた。

「え、えっと……」

なんだか答えに詰まってしまう。だって涼太さんもいないのに、ひとりでこんな時間にこんな所にいるなんて変に思われるかもしれない。

「涼太さんに、会いに……。もう帰るところだけど」

適当に誤魔化しておこうと嘘の理由を告げると、彼女はわざとらしいほど目をパチクリさせて「はあ？」と言った。

「何言ってるんですか。堤さん、今いませんよね」

思わぬ反論に、「え？　なんで知ってるの？」と咄嗟に返してしまった。だって、どうして彼女が涼太さんの出航を知ってるの？　私にだって曖昧《あいまい》にしか教えられなかったことなのに。

すると彼女はもう一度「は？」と言ったあと、揶揄するように笑った。

「そりゃ知ってますよ。『すいてん』出航してるんだから。毎日港見てるんだからわかります」

「あ……、そうなんだ」

涼太さんから聞いたわけではないと知って、密かにホッとした。けれど彼女の顔からは嘲笑うような表情は消えない。

「私、この町で生まれ育って、バイトのあとは毎晩ここから艦を見るのが日課なんです。親戚《しんせき》や友達も自衛隊の関係者が多いし。だから堤さんと『すいてん』のことなら、たぶんあなたより詳しいですよ」

思わずムッとしてしまった。涼太さんの彼女である私に向かってこの言い方は、ちょっと失礼ではないか。

「そうなんだ。私はまだ付き合って三ヶ月だから知らないことも多いけど、これから涼太さんに教えてもらうから」

大人げないと思いつつも、つい張り合ってしまった。だって、自分を元気づけようとしてここまで来たのに、嫌な気持ちにさせられたまま帰るのは納得いかない。

すると彼女はどこか含みを持ったように「へー」と言って、近くのベンチに腰掛けた。

「ってことは、横須賀の人じゃないですよね。東京の方ですか?」

「そ、そうだけど?」

「ふーん。カッコいいですね、都会でバリバリ働いてる女って感じで。でも堤さんには合わなさそう」

あまりの物言いに、「なんであなたにそんなこと言われなくちゃいけないの?」と強い口調で返してしまった。けれど彼女も怯むことなく「だって私の方が堤さんのことよく知ってるもん」と言い返してくる。

「私、去年からあのベーカリーでバイトしてて、ずっと堤さんのこと見てたんです。横須賀基地に赴任《ふにん》してきたばかりのときも、幹部学校の選抜試験で大変だったときも、毎晩ランニングをかかさないのも、休日にコーヒーを買って散歩に行くのも。私なら誰より堤さんのことわかってあげられる、彼を支えてあげられる自信がある。でも年が離れてるから子供扱いされないように、二十歳になったら告白しようって決めてたんです。それなのに……！」

恋なんて、長く想っていたから報われるなんて言いきれない。けれど、まだ二十歳にもなっていない子の一途《いちず》な気持ちをぶつけられて、さすがに大人げない反論は出来なかった。

こちらが口を噤んでしまうと、彼女は私が言い負かされたと思ったのか強気に眉を吊り上げた。

「どうやって堤さんを落としたのか知らないけど、あなたに堤さんは合ってないです。自衛官の恋人とか奥さんって大変なんですよ」

「し、知ってるよ。それくらい」

身をもって体験中だと言おうとしたら、「嘘。全然わかってない」と首を横に振られてしまった。

「知ってるならどうして今ここにいるんですか？　堤さんがいると思ってのこのこやって来たんですか？　堤さん、あと十日は帰ってきませんよ」

「え？　なんで知ってるの？」

「海自のSNS見てないんですか？　海演《かいえん》の発表があったじゃないですか。日程も出てます。『すいてん』も写真に写ってました。堤さん今そこですよ」

「かい、えん？」

話についていけていない私に、彼女がハーッとこれ見よがしにため息をついた。

「海上自衛隊演習、実動演習です。毎年秋に二週間近く行われる大規模な演習ですよ。そんなことも知らないんですか？　っていうかSNSもチェックしてないんですか？」

唖然としてしまった。自衛隊のSNSにそんな情報が載《の》っているなんて思いもしなかったし、そもそも恋人の勤め先のSNSをチェックするという発想もなかった。それって普通のこと？

衝撃を受けて何も返せないでいると、追い打ちをかけるように言葉を続けられた。

「全然駄目じゃん。そんなんで恋人って言えるんですか？　堤さんに教えてもらうって、自分で調べる努力はしないんですか？　甘えすぎじゃないですか？　堤さん忙しいんですよ、支えるどころか足引っ張ってますよね、それって」

「……っ、でも……！」

言い返したいのに、言い返せない。全部、私が間違っていた気がして。

――だって私は彼が自衛官だから好きになったんじゃなくて、素《す》の涼太さんを好きになったんだし。彼の仕事より彼自身を理解するのが先だと思うし。お互いの仕事のことなんて会ったときに話す程度で、わざわざ勉強したり調べたりするものじゃないと思っていたし。

胸に湧き上がる言い訳は、負け惜しみにしかならないみたいで口に出せない。

そんな私に彼女は、見下すような視線を向けて言った。

「だから言ったんです。あなたに堤さんは合わないって。自分のことだけでいっぱいいっぱいって感じで、支えるタイプに見えないもん。どっちみち堤さんが異動になったりしたらついていかないで別れるんでしょう？　だったらもう別れてくれません？　私、来月誕生日だから告白したいんです」

「……異動？」

驚くべき単語が出てきて、私は目を見開いた。

異動って何？　ついていくって何？　私、何も聞いてない。

「は？　まさか自衛官は転勤が当たり前なこと知らないんですか？　嘘でしょ？」

『嘘でしょ？』と言いたいのはこちらの方だ。転勤が当たり前……？

あまりのショックで固まっていると、彼女が「あ、ヤバ。もう十一時じゃん」と自分のスマートフォンを見て呟いた。そしてベンチから立ち上がり、「そーいうことなんで。グダグダしてないで早く別れてくださいね」と私に言い残し公園を出ていった。

「……私も、そろそろ帰らなくちゃ」

終電はまだだけれど、あまり遅くなると翌朝に響く。そろそろ帰らなくてはと思って歩き出すけれど、心臓が嫌な早鐘を打って頭がクラクラして足がふらついた。

電車に乗ってから私は、スマートフォンで自衛官の転勤について調べた。

海自の基地は全国に三十一。それこそ日本中、北海道から沖縄まである。普通は警備区域内といって一度決められた地区から遠く離れる異動はないみたいだけれど、幹部は違う。全国どこへ行くかわからない状態だ。しかもそのスパンは非常に短い。下手をしたら一年とか二年とかいうこともある。

「嘘……」

知れば知るほど、不安で目の前が暗くなった。

もし数ヶ月後、涼太さんが遠くに転勤になったら？　私たち遠距離恋愛になるの？

そのあとは？　……結婚したら？

さっき言われた『どうせ堤さんが異動になったらついていかないで別れるんでしょう？』という言葉が頭に木霊《こだま》する。

だって私……東京から離れたくないよ？

「……っ」

呻《うめ》いてしまいそうになり、顔を覆って項垂れた。

嫌だ、今の場所から離れるのは。もし雪国に転勤になったら、私はまたあの冷たくて白い世界に閉じ込められるの？　嫌だ。やっと自由を手に入れたのに。自分の居場所を見つけたのに。

――東京から離れるのは、嫌だ。

「涼太さん……」

元気になるために横須賀まで行ったのに、まさかこんな現実を突きつけられるなんて。

私は来るときよりずっと重くなった心を抱えて、東京方面へ向かう電車の隅の席で項垂れ続けた。

# 第七章

「三宅さん！」

オフィスビルの玄関口で呼び止められ、振り返った先にいたのは瀧沢さんだった。

「コーヒー買いにいくんですか？　だったら俺も一緒に」

小走りで駆け寄りながらそう言ってきた彼に、私は首を横に振ってから手に持っていた紙袋を掲《かか》げて見せた。

「残念。コーヒーじゃないの。これからお詫びにいかなくっちゃ」

「お詫び？」

不思議そうに瞬きしながら瀧沢さんは、歩き出した私についてきた。

「取材先を怒らせちゃってね。毎日お詫びに行ってるの」

「え？　えー……？」

二週間前、『Cuisine de génie』のオーナーを怒らせてしまった一件以来、私は毎日お店が休憩に入る午後三時頃を狙ってお詫びに伺《うかが》っていた。とはいっても毎回門前《もんぜん》払《ばら》い状態だけど。

「毎日？　嘘でしょ？　すげー時間のロスじゃないですか」

駅とコーヒーショップの方向が同じなので、オフィスビルを出て瀧沢さんは一緒に歩く。そういえば彼とこんなふうに話すのも久しぶり、一緒に晩ご飯を食べにいって以来だ。

「仕方ないよ。ミスした私が悪いんだもん」

「『Cuisine de génie』って白金《しろかね》の有名なレストランですよね？　ってことはクリスマス特集でしょ、それ。許してもらえたところでもう間に合わないんじゃないっすか」

痛いところを突いてくる瀧沢さんの言葉に、私は重くため息を吐いて頷いた。

「うん、もう記事は間に合わない。井出さんに相談して構成組み替えたよ」

『デートグルメマップ』のクリスマス特集記事は、無事に……とは言えないけれど一応は校了《こうりょう》した。メインのページがひとつ潰れてしまったことは、本当に大失態だと反省している。けれど井出さんも無茶《むちゃ》振りをした責任を少しは感じていたのか、大目玉を食らうようなことはなかった。

「じゃあもういいじゃないですか。今さら許してもらったところで意味ないっしょ」

「そうはいかないよ。もとは森さんの担当コーナーだもん。貴重な取材先失《な》くした状態で無責任にコーナー返せないよ」

「……っは〜。律儀《りちぎ》っつーか、真面目っつーか……」

目をまん丸くして、瀧沢さんが嘆息する。無駄なことをしていると、呆れているのだろうか。

「とにかく。今回は駄目になっちゃったけど、次はまた取材受けてもらえるようにしておかないと。自分の尻拭いは自分でしなくちゃね」

虚しくなりそうな気持ちを押し込めて、笑って言う。そんな私を見て瀧沢さんは困ったように眉根を寄せると、口をへの字に引き結んだ。

「じゃあ私、こっちだから」

駅とコーヒーショップの分かれ道に差し掛かり背を向けようとしたときだった。

「三宅さん！　今夜、メシ行きましょう。校了したんですよね？　なんかパーッとうまいもん食いにいきましょうよ！」

いきなり肩を掴まれたと思ったら、熱心な口調でそう言われてしまった。いきなりの誘いに「でも……」と戸惑っていると、瀧沢さんは「あ、みんなで！　俺他の人にも声かけておきますから！」と慌てたように付け加えた。

そういえばここ数週間、あまりに忙しくて食事を楽しむ余裕すらなかった。適当にテイクアウトしたものを、最低限お腹に詰め込むだけだった。

「……そうだね。みんなで何かおいしいものでも食べにいこう」

正直、あまり乗り気ではないのだけれど、人間らしい食事をしなくてはという反省から彼の提案に乗ることにした。

瀧沢さんはニッコリと目を細めると「よし！　楽しみにしててください、いい店探しときますから」と笑って、肩から手を離した。そして「あとでメッセージ送ります！」と言いながら手を振って、弾むような足取りでコーヒーショップの方へ向かっていった。

ひとりになった私は再び歩き出しながら、コートのポケットからスマートフォンを取り出す。

電話もメッセージも、着信の報《しら》せはない。

十二月目前。涼太さんからの連絡は、まだなかった。


「あれ？」

終業後。瀧沢さんから送られてきたメッセージにあったタイ料理店に行くと、席には彼以外誰もいなかった。

「まだ誰も来てないの？」

バッグを置きながら尋ねると、先に席に着いていた瀧沢さんは不器用な笑みを浮かべて言った。

「いや～声かけたんすけど、み～んなパクチーが苦手だからって断られちゃって」

「は？」

「うまいのになあ、タイメシ。あ、三宅さんはパクチー大丈夫って前に言ってましたよね」

そりゃ私はパクチー平気だけど。むしろ好きだけど。

「……本当に声かけたの？」

あまりにも胡散臭《うさんくさ》すぎて怪訝な顔をしてしまう。すると瀧沢さんは「それより、ほら！　早くオーダーしちゃいましょう！」と私にメニューを押しつけた。絶対声かけてないなこれ。

どうしたものかと椅子から腰を浮かしかけたけれど、お腹がグ～ッとなってやっぱり座り直した。店内に漂ういい匂いに、食欲が刺激されてしまったみたいだ。

とりあえずさっさと食事だけ済ませて帰ろうと思い、私はおいしそうな写真が並ぶメニューをめくった。

嘘をついてまでふたりきりの食事の場を設けた瀧沢さんを腹立たしく思う気持ちは、食事を終えお店を出るときには消えていた。

「あー美味しかった！　久々にお腹いっぱい食べたあ」

外に出てお腹をさすりながら幸福のため息を吐く。ほどよい辛《から》さや酸っぱさのせいかどんどん箸が進み、パッタイにトムカーガイにガイタクライ、ロッティまで食べてしまった。

「ロッティ、めちゃくちゃ甘かったすね。カロリーやば」

隣で瀧沢さんも満足そうにお腹を撫でながら言った。

「カロリーのことは言わないで。明日一日エレベーター使わなければ大丈夫」

「いやいや、あれは千キロカロリーくらいあるでしょ。そんくらいじゃ消費できないって」

「そんなにないよ！　怖いこと言わないで」

満腹は人をご機嫌にする。私はお店を出てからずっと笑顔のまま、瀧沢さんと喋り続けた。

「あーよかった、三宅さんが元気になって」

瀧沢さんがふいにそんなことを言い出したのは、駅の正面の広場を歩いているときだった。

「なんかもう今日の三宅さん疲れすぎてて見てられなかったから。元気に出来て安心しました」

そう言って微笑む瀧沢さんの横顔を見ながら、私は自分の不甲斐なさに力なく笑う。

「瀧沢さんには慰められてばっかりだね……」

心が弱っているときそばにいてくれる彼の存在が、私の中で少しずつ大きくなっていく。突き放さなくてはいけないとわかっているのに、つっけんどんな態度を取るには心が疲れすぎていた。

「ありがとう。久しぶりにご飯が美味しいって思えた。誰かと一緒に笑顔で食べるご飯って、こんなに幸せなんだね」

本当は涼太さんに言いたかった台詞が、目の前の同僚に向けて零れていく。そのことが悲しくて悔しくて、心がもっと脆くなっていった。

「……俺でよければ、いつだってメシくらい一緒に食べますよ。朝だって昼だって夜だって。毎日同じ会社で働いて、すぐそばにいるんです。呼べばすぐ飛んでいきますから」

いつもより優しくて少しだけ緊張した声で言いながら、瀧沢さんはためらいがちに手を伸ばした。子供を慰めるように私の頭を撫でて、「だからもっと俺に頼って……甘えていいよ」と囁くような声で呟く。

私はその手を振り払えなかった。

駅前は行き交う人で溢れていたけど、誰も私たちのことなんか気に留めない。無関心が心地いい、都会の雑踏。

ここが、東京が好きだなあと思いながら、いつも近くにいてくれる同僚の手の温かさを感じていた。

心の天秤《てんびん》が、初めて揺れた夜だった。


『ただいま』

そのたった四文字を、どれだけ待っていただろう。

涼太さんから帰港したとのメッセージが届いたのは、瀧沢さんと別れた三時間後。もうすぐ日付が変わる直前だった。

『遅くにごめん。夕方帰港して、今自宅に戻った。まだ起きてる？』

そろそろ寝ようとベッドに潜ってスマートフォンを弄《いじ》っていた私は、そのメッセージの着信を見て飛び起きた。そして何も考えられないまま縋るように彼の電話番号をタップする。

「もしもし、涼太さん!?」

ワンコールで出た涼太さんが『もしもし』と言うより早く、私は叫ぶように彼の名を呼んでいた。無意識に、手が震えていた。

『青藍さん？　起きてたの？』

「うん、起きてた！　……起きててよかった……」

『ただいま。帰ったよ』

こんなに嬉しい『ただいま』を、私は初めて聞いた。喜びと安堵と切なさが、胸に溢れて抑えきれない。

「……おかえりなさい。任務、お疲れ様でした」

涙腺《るいせん》があっさりと崩壊して、ジャブジャブと涙が零れる。もっと彼の声を聞きたいのに、自分の洟《はな》を啜《すす》る音が邪魔《じゃま》だ。

『ありがとう。……泣いてるの？』

「だって、会いたかったから……。それに心配だったの。演習とはいえもしも涼太さんが怪我したらどうしようって」

『演習って知ってたの？』

「うん。……SNSに載ってたから。涼太さんの船が写ってた」

ベーカリーの子に教えてもらったと、ここで説明する気持ちの余裕はなかった。口にしたらきっと余計なことまで喋ってしまう。今はそんな話はしたくない。けれど。

『そうなんだ。詳しくなったね』

嬉しさが滲んでいる彼の口調に、少しだけ胸が痛んだ。やっぱりあの子が言っていたことが、正しかったような気がして。

『心配してくれてありがとう。おかげで何事もなくピンピンしてるよ。青藍さんは？忙しかったんだよね、体調崩したりしてない』

「ん……平気、元気だよ。忙しいのもひとまず落ち着いたし」

体調は確かに崩さなかった。けれど、メンタルはボロボロになった。今は少し持ち直したけれど、やっぱり涼太さんに甘えたい。抱きしめられながら、つらかったことを全部吐き出したい。

「……早く会いたいなあ」

話したいことはたくさんあったはずなのに、心を占めるのも口から出るのも『会いたい』という願望ばかりだ。

「まだ電車が動いてたら横須賀まで飛んでいったのに。残念」

ひとりで苦笑を零し、「今週の土日は会えるの？」と聞こうとしたときだった。

『明日の朝――会いにいってもいい？』

衝き動かされるような切羽詰まった声で、涼太さんが言った。

『先週の土日も任務だったから明日は代休《だいきゅう》なんだ。青藍さんフレックスだから朝はゆっくりめって言ってたよね。明日、始発に乗るから。会いにいってもいい？』

「来てくれるの……？」

『当たり前だよ。俺だって会いたい。ずっと会いたかったんだ』

いつもの彼らしくない、必死な声だった。それだけでもう、私は顔も心も綻んでいく。また涙が滲んできたうえ、「へへっ」と変な笑い声まで込み上がってきてしまった。

『あ……ごめん。なんか気持ちが昂って……。非常識なこと言った、ごめん、忘れて』

我に返ったのか、涼太さんは気まずそうに謝った。普段は何事も冷静なのに、恋愛に関しては相変わらず匙加減が下手なところが、すごく愛おしく感じる。

「ううん、嬉しい。来て、涼太さん。早起きして待ってるから」

そう答えた途端、電話の向こうで涼太さんが満面の笑みを浮かべたように感じたのは、気のせいだろうか。

『うん、朝一番の電車で行くよ。青藍さんは布団に潜って待ってて。寒いし、朝早いから寝てていいよ。俺、青藍さんが起きるまでずっと寝顔眺めてるから』

「そんなのやだ！　私だって涼太さんの顔が見たいし、それにもう無防備な寝顔見られるのやだよ。ちゃんとお化粧《けしょう》してきちんとしてる私を見て！」

『はは、わかった。でも俺はお化粧して可愛い青藍さんも、あどけない顔で寝てる青藍さんもどっちも好きだよ』

心をくすぐるような彼の言葉に、このままずっと喋り続けたくなってしまうけれど、それではお互い眠る時間がなくなってしまうので断腸《だんちょう》の思いで電話を切ることにする。

『おやすみ』

「おやすみなさい」

ありふれた『おやすみ』の挨拶が、今夜はたまらなく幸福に感じる。

通話を切ってすぐに寝ようとしたけれど、あと数時間で涼太さんに会えると思うとなかなか寝つけなかった。


目が覚めると、夜には降っていなかった雨が降っていた。

霧雨《きりさめ》だ。気温も下がっていて、空気がヒンヤリとしている。

「涼太さん、大丈夫かな……」

シトシトと雨に霞む景色を、窓の外から眺めた。

結局昨夜は二時近くまで眠れなくて、今朝は五時には目が覚めてしまった。けれどちっとも眠いともだるいとも思わない。

身支度を整え、温かい朝食を作って涼太さんを待つことにした。一番早い電車で来るのなら、きっとうちに着くのは六時十五分頃だろう。一本乗り過ごしても六時半過ぎには着くと思う。

ソワソワとしながら何度も窓の外を眺め、朝食のお味噌汁《みそしる》がちょうど出来たとき、外廊下を歩く足音が聞こえて、私はインターホンが鳴る前に玄関へ駆けていきドアを開けた。

「おはよう！　涼太さん！」

「うわっ、ビックリした！」

ちょうどインターホンに手を伸ばそうとしていた涼太さんは、飛び出してきた私にビックリして目をまん丸くした。そしてすぐに目を細め頬を染めて笑い、「おはよう。ただいま」と私を抱きしめる。少しだけ雨に濡れたコートが、ヒヤリと冷たい。

けれどその奥に感じるぬくもりも匂いも、私がずっとずっと欲しかったもので。

「おかえりなさい、涼太さん」と彼の胸に顔をうずめて深呼吸しながら、冷たい背中をギュッと抱きしめ返した。

気の済むまで抱擁《ほうよう》し合ってから、私たちは玄関のドアを閉めて部屋に入った。

「寒かったでしょう。これ使って」

涼太さんは傘《かさ》を持っていたけど、背中や髪が少し濡れていた。思ったより風が吹いていたのか、それとも駅から走ってきたのか。

渡したタオルを受けとると涼太さんは髪を拭きながら部屋を眺めて、「なんだか懐かしく感じる」と微笑んだ。

そういえば、以前に彼がこの部屋に来たのは九月だった。あのときはまだ暑くて、夏の気配がしたっけ。

それなのに、気がつけばもう十二月が目前だ。今日は冷え込んで、すっかり冬の空気を感じる。

「涼太さんが前にこの部屋に来たときは半袖の時期だったもんね。懐かしい気もするけど、あっという間のような気もする」

「うん。青藍さんと過ごす時間はあっという間なのに、振り返ってみるとずっと長くいたように感じるんだ。……それだけ俺の中は、あなたでいっぱいなんだ」

私を見つめる涼太さんの目が、真剣でとても優しい。思わず吸い寄せられるように彼の正面に立つと、頬を手で包まれ唇を重ねられた。嬉しくて嬉しくて、心と体がジンと痺れるのを感じる。

「涼太さん……」

先に涼太さんの濡れた髪を拭いて、それから温かい朝食を食べて、いっぱい話したいこともあるのに。自分の中の衝動が抑えきれなくて、理性が崩れ去っていく。

私はつま先立ちをすると、抱き寄せるように彼の首に腕を回して、もっと深く唇を重ねた。

もっと、もっと。涼太さんを感じたい。彼が欲しい。

私の情熱に応えるように涼太さんも私の後頭部に手を回すと、もっと深く交わるように角度を変えた。彼の舌が何かを求めるように私の口内に入り込み、熱を伝えていく。同じように舌を伸ばし触れ合わせれば、舐《ねぶ》るように絡められた。

「……っ、ん……、は、ぁ……っ」

息を継《つ》ごうとして口の隙間《すきま》から熱い呼吸が漏れる。それさえも奪いたいとばかりに涼太さんはすぐに唇を塞ぎ、じっくりと口腔《こうこう》を愛撫《あいぶ》していった。

「涼太さん、好き……」

彼の激しいキスが体中に響いて、もう我慢が出来ない。好きでたまらない気持ちが大きくなりすぎて、自分でも手に負えなくなっていく。

抱いてほしい思いの丈を籠めて見つめれば、涼太さんも情熱的な眼差しで見つめ返し、私の顔にキスの雨を降らせた。

「好きだよ。青藍さん。愛してる」

愛しさを籠めて落とされるキスも、想いを伝える言葉のひとつひとつも、怖いくらいに幸せを感じる。──けれど。

「青藍さん。伝えたいことがあるんだ」

堅く抱きしめ吐息と共に耳もとで囁かれた言葉は、私を夢心地から現実に戻すものだった。

「──結婚したい。あなたと、人生を共にしたい」

「……えっ……」

それは、本来なら泣いて喜ぶほど嬉しい最上級の愛の言葉のはずなのに。

私にはいつか来るかもしれないと怯えていた、苦渋の決断を迫られる言葉にしか思えなかった。

「……ど、どうして？　今なの？　私たち付き合ってまだ四ヶ月足らずなのに」

あまりに動揺して、酷い返事をしてしまった。きっと、ううん、間違いなく大きな決意をしてプロポーズしてくれたはずなのに、応えられないどころか狼狽《うろた》えてしまうなんて。

そんな私に涼太さんは、戸惑いの表情を浮かべた。当然の反応だと思う。

けれど彼は抱きしめていた腕をほどいて少しだけ体を離すと、怒るでも困るでもなく、まっすぐにこちらを見据えて言葉を紡いだ。

「……確かに結婚を申し込むには四ヶ月は短いのかもしれない。けど、俺は三十三年間生きてきて、人生を共にしたいと思ったのは青藍さんだけなんだ。この先、他の誰かに同じ気持ちを抱けるとは思わない」

真摯《しんし》な言葉が、これ以上ないほどに胸に響いた。

だって、私も同じだ。今まで何度も恋をしてきたけれど、こんなにも好きで大切に思える相手は初めてで。涼太さんとなら、一生を共にしたいと素直に思える。……それなのに。

「私も涼太さんが好き。あなた以上に誰かを好きになることなんて、この先きっとないと思う。――でも」

声が震えた。それを口にすることが間違っているとわかっているのに、頭が混乱していて止めることが出来なかった。

「私……自衛官とは、結婚出来ない……」

涼太さんが、見たことのない表情を浮かべた。彼がどれほど傷ついてショックを受けたのか、痛いほどに伝わってくる。

それでも涼太さんは私から目を逸らすことはせず、ゆっくりと口を開いた。

「……それはどうして？」

俯き、目を逸らしてしまったのは私の方だった。真摯な彼の眼差しを見つめ返せなくて。

「だって幹部の自衛官は転勤が多いんでしょう？　全国どこへだって行く可能性があるんでしょう？　私、言ったよね。今の生活が好きだって。ここから離れたくないの」

口に出してみると、自分がわがままに感じられて罪悪感が募った。それを払《ふっ》しょくしたくて、もっと理由を重ねる。

「それに……寂しいよ。何ヶ月も会えなくなったり連絡が出来なくなったり。知らない街でひとりぼっちでずっと涼太さんの帰りを待つのはつらいよ。子供が出来てからだって、パパの留守が多いのは可哀想だと思う。それにやっぱり怖いの。たくさん火器を積んでる戦うための船に乗って、涼太さんに万が一のことがあったらどうしようって。寂しくて、不安で……。ごめんなさい、私、自衛官の仕事を好きになれない。立派な仕事だってわかってるけど、あなたの仕事を好きになれない」

そこまで言って口を噤むと、静寂《せいじゃく》が流れた。細かすぎて音にならないはずなのに、霧雨のシトシトという寂しい雨音が部屋を包んでいるような気がした。

顔を上げられないままでいると、「……うん」と小さく呟く涼太さんの声が聞こえた。

「そういう部分も含めて、青藍さんと話がしたいと思ってた。俺もあなたの自由を奪いたくないから」

ああ、と、さっそく自分の言葉に後悔が湧いた。

涼太さんは私の不安などお見通しで、慮ったうえでプロポーズを伝えたというのに。私は自分の気持ちをぶちまけて、すべてを否定してしまった。

「あ、あの……！」

後悔から湧く焦燥《しょうそう》感に駆られて、頭の中もまとまらないうちに口を開いて顔を上げた。

「仕事って……、変えられない……かな？　私、船のことはよくわからないけれど、涼太さんほどのスキルがあれば民間でもやっていけると思うの。海が好きなら民間の船舶とか。長期の出航はあるかもしれないけど、今みたいに連絡が取れなくなったり危険なことが起きたりする可能性はないでしょう。それだけでも全然安心だし、それに転勤だって、探せば少ないとこが多分あるし——」

「青藍さん」

のべつまくなしに喋る私の言葉を、涼太さんのきっぱりとした口調が止めた。

「ごめんね。俺は辞《や》めないよ、自衛官」

「……っ」

ふたりの間に、見えない亀裂《きれつ》が入った気がした。それは残酷《ざんこく》なほどに深く、少しずつふたりを遠ざけていく。

「ご、ごめんなさい。そうだよね、涼太さんエリートだもんね。今までのキャリア捨てられるわけないよね」

「そうじゃなく」

後ずさりそうになった私の肩を、涼太さんが掴んで止める。

「俺は海が好きなだけでこの仕事をしてるわけじゃないよ。大切なものを守りたいから乗ってるんだ、〝船〟じゃなく〝艦〟に。戦うための船じゃないよ、青藍さん。護衛艦は国と人を『守るための艦』なんだ」

この期《ご》に及んでも、私の肩を掴む涼太さんの手は優しい。離れたくないと思うのに、亀裂はどんどん深くなっていく。

「……わかんない……。戦争してるわけでもないのに、国を守るって何？　誰と戦うためにあんなに火器を積んでるの？　それは、結婚したいと思うほど好きな人の気持ちより守りたいものなの？」

心の中に少しずつ降り積もっていた不満や疑問が、零れ落ちていく。

涼太さんは素敵な人なのに。優しくて勇敢《ゆうかん》で真面目で、誰より幸せになってほしい人なのに。彼の愛する仕事がその足枷《あしかせ》になっているみたいで恨めしかった。そしてその足枷を私では外すことが出来ないのが、悔しい。

「……青藍さん」

涼太さんの表情が、微かに曇った。困らせていることはわかっている。けど、自分でもうまく話せない。

困らせたいわけじゃない。傷つけたいわけじゃない。ただ、あなたのそばにいたい。安全な仕事をして欲しい。国なんて大義よりも自分の幸せを優先して欲しい。そして出来ることならば、私と一緒に幸せになってほしい。それだけなのに。

「……ごめんなさい、涼太さん。私がわがままだってわかってる。でも……あなたの仕事を好きになれない。だって」

色々なことが頭を駆け巡る。ひとりで来た横須賀で『あなたに堤さんは合わない』と言われたこと。連絡が取れなくなって振られたんだと思い込んで泣いたこと。それから――。

「――私、もともと自衛官に興味があったわけじゃないの。あの婚活にいたのも、結婚相手を探しにきたわけじゃない。潜入取材だったの。だから『婚活のいろは』も見てなかった。なんにも知らなかった。自衛官と……涼太さんと恋をすることがこんなに苦しいなんて、知らなかった……！」

最初から間違っていたのだと、気づきたくなかった真実を認めた。

結婚するなら東京でずっと一緒にいてくれる人が望ましい私と、頻繁《ひんぱん》にある転勤や長期の留守でも支えてくれる人が望ましい涼太さん。

見つめる未来は正反対なのに、恋をしてしまった。

間違っていたのは潜入取材だったことを隠してあの場にいた私だ。彼が、私には自衛官の仕事に理解があると思って求婚してきたのは、何も間違っていない。

「ごめんなさい……今さらこんなことを言って……」

気がつくと涙が勝手に溢れていた。罪悪感？　後悔？　なんの涙だろう。ただ私のグチャグチャな心から溢れるように、目から次々に零れ落ちていく。

私の肩を掴んでいた手に微かに力が籠もり、そして力なく落ちるように離れていった。

涼太さんは一度も私から目を逸らすようなことはしなかった。その瞳がゆっくりと伏せられ、一度瞬きをして私を映す。

「……お互い、少し頭を冷やして考えよう」

そう言って涼太さんは背を向けると、コートのかかったハンガーまで歩いていき無言でそれを着た。そして使ったタオルを丁寧に畳《たた》んでテーブルの上に置くと、私の方を見ないまま玄関で靴を履いた。

何も言えないまま立ち尽くす私に、彼は振り返らず言った。

「苦しかったことに気づいてあげられなくて、ごめん」

玄関のドアは静かに開かれ、ささやかな雨音を一瞬だけ耳に届けて再び閉まる。

彼の出ていった玄関を、私はずっと見つめていた。ひとりになった部屋がシンと静まり返り、信じられないくらいに空気が冷えていく。

今でも私の頭の中はグチャグチャで、何が正しくて何を言うべきだったのかわからない。心地よかった胸の鼓動は、いつの間にか嫌な緊張で早鐘を打つものに変わっている。

「涼太、さん……」

何より大切だった恋が壊れてしまったのだと——この手で壊してしまったのだと、ようやく自覚したときには脚から力が抜けて、その場にへたり込んでしまった。

泣いたり、後悔したり、落ち込んだりしても、時間は無情《むじょう》に、けれどみんなに等しく流れる。

涼太さんからのプロポーズを断ってから、一週間が経っていた。

お互い連絡は取っていない。未来のない恋だとわかっているのに、これ以上どうやって交流すればいいというのだろう。

あのとき別れの言葉はなかったけれど、別れ話をするまでもなくこのまま自然消滅するのが当たり前のような気がした。

もはや私は悲しんだり落ち込んだりする気持ちを通り越して、最近はなんだか抜《ぬ》け殻《がら》のような気持ちで過ごしている。あの日、涼太さんが去ってからあまりにも泣きすぎたせいだろうか、気持ちが全部涙になって零れてしまってみたいで、もう何も考えられない。

ただ、雨に濡れた髪のまま乾かさずに帰ってしまった彼が風邪をひかなかったか、それだけが心配だった。

「三宅～。取材行ってほしいんだけど」

デスクで自分の作業をしていた私に、井出さんが話しかけてきた。振り返ると、井出さんはクリップ留めした書類を私に差し出しながら言った。

「これ、千葉《ちば》に新しい結婚式場出来たの知ってるでしょ？　格安プランとかで話題になってるとこ。十日にオープンセレモニーとマスコミ用の案内会開かれるから行ってきてほしいんだけど」

書類を受けとって目を通す。数ヶ月前から話題になっていたところなので、私もオープンの情報は把握していたけれど……。

「タクシー使っていいですか？　ここ駅から歩いて一時間以上かかるんですよ。オープンしたら送迎バス出すらしいけど、今はまだ駅から足がないみたいで」

「あれ、三宅って免許持ってないの？」

「持ってないです」

高校を卒業したら家を出て上京するって決めていたから、運転免許を取るタイミングを逃したままここまで来てしまった。……高校生のときは受験勉強と独《ひと》り暮《ぐ》らしのためめのための資金を貯めるためバイトに明け暮れ、上京して大学生になってからも学費と生活費を稼ぐだけでいっぱいいっぱいで。そのうち免許がなくてもあまり不便がなかったのもあって、取る気もすっかり失せてしまっていた。

「最近の若者が車離れしてるって本当なのね〜。まあ二十三区に住んでれば、なくても平気だったりするしね。でもあった方がいざってとき便利よ。あ、タクシーは使っていいからよろしく」

こちらが相槌を打つ間もなく喋って、井出さんは自分のデスクに戻っていってしまった。私はさっそく十日のスケジュールを確認し、式場までのルートをアプリで探す。

「免許、か……」

東京に来てからすっかり忘れていたそのワードは、故郷にいた頃の記憶を呼び覚ました。

＊　＊　＊

『ね、ね、せーちゃんも行こ。二週間で取れるんだよ。一緒に免許合宿行こうよ』

高校三年生の夏休み直前。クラスは塾の夏期講習と合宿免許の話題で賑わっていた。

卒業後は家業を継いで就職することが決まっていた友人の沙羅《さら》は車の免許取得が必須で、夏休みに参加する免許合宿にしつこく私を誘っていた。

『無理だってば。夏休みはずっと夏期講習とバイトだもん。そもそも免許取るお金がないし。無理』

その日の昼休みも、教室で一緒にお弁当を食べながら沙羅はまたも私を免許合宿に勧誘する。けれど何度誘ってもすげなく断る私に、彼女はつまらなさそうに唇を尖らせて言った。

『えー、だって免許ないと不便だよ～。どこにも行けないじゃん。一生車なしで過ごすつもり？』

『一生かどうかはわかんないし。就職してお金に余裕出来たら取るかも、多分』

『お金なら親に出してもらえばいいじゃん』

私が両親とうまくいっていないことは沙羅にも言ってある。けれど家族と良好な関係を築いている彼女にはそれがピンときていないみたいだった。

『うちはそういうの出してくれないから』

面白くない会話になり、口調が自然とつっけんどんになった。けれど沙羅は気にせず話を続けた。

『えー、そうかな。ちゃんとお願いしてみた？』

『しなくてもわかるの。うちの親、私に興味ないから』

『でも夏期講習のお金は出してくれてるんでしょ？』

『それは……三者面談のときに先生に言われたからだと思う。進学希望なら塾には通った方がいいって』

塾には行かせてくれたけど、父はブツブツ文句を言っていた。お金がかかるだとか進学なんかしてなんになるんだとか。少しでも成績が下がれば『塾なんか行くな』と怒鳴《どな》られるから、必死に勉強せざるを得なかった。

そんなこちらの事情など当然露知らず、沙羅は『えー。でも行かせてくれてることには変わりないじゃん』と、不思議そうに小首を傾げた。

私はこれ以上会話をすることをあきらめた。

色とりどりのおかずが入った母親の手作りのお弁当を食べる彼女には、毎日自分で握ったおにぎりを食べている私の気持ちなど永遠に理解出来ないのだろうなと思って。

だからこの後に沙羅が言ったことを、私は無意識のうちに聞かなかったことにしていたんだ。

『せーちゃんってさあ、やってみる前にあきらめちゃってない？　両親と仲良くないとか、早くこの町から出たいって言うけど、自分で決めつけて身動き取れなくなってるように見えるよ。喧嘩してでもいいから両親にお願いしたり、大雪が降ったって遊びにいけばいいのに。『どうせ無理だ』って、自分で限界決めつけて狭い世界に閉じこもって嘆いてるだけに見える』

＊　＊　＊

……なんでだろう。今はっきりと思い出した。あのときの沙羅の言葉。

すごく厳しいことを言っていたんだなと、思わず苦笑いが零れる。よくあのときの私は聞き流せたものだと我ながら感心した。

今考えても、お願いしたところで両親が免許を取らせてくれたとは思えない。幸福な家庭で育った彼女の想像力の限界だと感じる。

……けれども。

――『自分で限界決めつけて狭い世界に閉じこもって嘆いてるだけに見える』

思い出したその言葉が、やけに胸に刺さる。

大人になって、私はなんでも自分で出来るようになった。自分で考えて、行動して、欲しいものは手に入れて。本当の自由を手に入れたと思っている。

そしてそれはとても幸せで満たされた生活で——誇れるはずのものなのに。

「自由って……なんだろ……」

そんな疑問が、ふと湧いた。

しんしんと雪が降り積もる、東北の冬。鉛色《なまり》の空の下で十代の私が本当に求めて手を伸ばした未来に、今、私はいるのだろうか。

その日の午後、私はいつもの通り『Cuisine de génie』へお詫びをするために白金へ向かった。もはや日課というかルーチンワークになりつつある。

門前払いにもすっかり慣れてしまったけれど、これは慣れていいものではないと自分を戒《いまし》める。もしかしたら相手も私を門前払いするのに慣れてしまって、進展がないのではと思えた。

「なんか、気分変えていこう」

いつも持っていっているお詫びの品は、会社の近所で買った焼き菓子だ。無難《ぶなん》な物だけど受けとってもらえたことは一度もない。

もっと相手の心に届くようなものはないだろうかと考え、スマートフォンで改めて『Cuisine de génie』のことを調べてみた。

『Cuisine de génie』は十二年前に白金にオープンした正統派のフランス料理店。食材にはとことん拘《こだわ》っていて、材料のほとんどをフランスから輸入して使っている。オーナーは三十歳までフランスに在住していてパリで料理を学んだ……とのことだ。

「……月並《つきな》みな情報であんまり役に立たないな」

うーんと小首を傾げながら駅の近くまでやって来た私は、一軒のフラワーショップに目を留めた。そして頭を悩ませたまま、スタッフの女性に話しかけてみた。


「お忙しいところすみません。『ヴァリエタース』の三宅です。先日のお詫びをさせていただきたく、伺いました」

それは、もうしつこいほどに繰り返した挨拶。午後三時の休憩時間になると『Cuisine de génie』の裏口が開け放たれ、休憩に出るスタッフや夜の仕込みを始めるスタッフで賑わう。

私はいつもその中のひとりを掴まえオーナーに会わせてもらえるようお願いするのだけど、それが叶ったことは一度もない。

――けれど。

「どうぞ。そちらの事務所でお待ちいただけますか」

オーナーへの面会を頼んだスタッフの女性が、一度店内に入り、戻ってきて私にそう告げた。初めて門前払いされなかったことに動揺して、思わず「い、いいんですか？」などと聞いてしまう。

女性スタッフはクスッと小さく笑うと事務所まで案内してくれて、「まもなくオーナーが来ますのでお待ちください」と去っていった。

緊張して待つこと三分。忙しそうにキビキビとした動きで、オーナーが事務所に入ってきた。対面するのは先月、怒らせてしまって以来だ。

「お、お忙しいところお時間取ってくださりありがとうございます！　先日は大変申し訳ございませんでした。私の不手際《ふてぎわ》で多大《ただい》なご迷惑をおかけしたことを心よりお詫びいたします」

背筋をピンと伸ばし、深々と頭を下げる。けれどオーナーは無言のまま、ただ私の正面に立ち続けた。

「あ、あの……、これ。つまらないもので恐縮《きょうしゅく》ですが」

お詫びの品を持ってきていたことを思い出し、それを差し出す。いつもの無難なお菓子の詰め合わせと——駅のフラワーショップで買った、ミモザのフラワーバスケット。

フラワーショップの店員さんに聞いたところ、ミモザはフランスでは冬の太陽と呼ばれとても愛されている花らしい。盛りのシーズンには少し早いけれど、フランスの方に贈《おく》るならおススメですよと勧められた。

オーナーはやはり無言のままでそれを受けとることはしなかったけれど、やがてクルリと背を向けると「ついてきなさい」と言って部屋を出ていった。驚き、慌てて後を追うと、休憩中でお客さんのいないレストランのフロアへ連れていかれ、席に着いて待つように言われた。

……いったいどういうことだろう。オーナーの意図がまったく見えず、ソワソワとしてしまう。すると、厨房の方から芳しい香りが漂ってきて、シェフが手ずから料理の乗った皿を持ってこちらへやって来た。

「仔牛《こうし》の炭火《すみび》ロースト・マスタードソース掛けと、季節の野菜とホタテのエチュベです」

「えっ？」

湯気をたてる出来立ての料理を目の前に置かれ、私はビックリして目をしばたたいた。どういうことかと戸惑っているうちにオーナーもやって来て、シェフに「ワインも。シャトー・P・Vの十三年」と指示した。

シェフがワインの瓶《びん》を手にしてすぐ戻ってくると、オーナーはそれをグラスに軽く注ぎ、私にテイスティングを促す。さすがに仕事中にお酒を飲むわけにもいかないので断ろうとしたけれど、「いいから」と圧をかけられ、私はやけくそな気持ちでそれに口をつけた。

ワインには詳しくないのだけれど、なんとも深みのある豊かな香りがする。私がコクリと頷くと、オーナーはグラスにワインを注ぎ今度は「料理と一緒に」と促した。

「……っ、おいしい……！」

仔牛のローストも冬野菜のエチュベも絶妙《ぜつみょう》な火の通り具合と温かさで、感激するほどのおいしさだった。そこに芳醇《ほうじゅん》なワインが見事にマッチして、口の中でハーモニーを奏でる。これは有名な人気店になるはずだと、心底納得した。

けれど、どうしてこんなにおいしいものを私に食べさせてくれたのだろうか。何か感謝されることをしたのならともかく、取材の時間間違いという失礼を犯したのに。

不思議に思っていると、向かいの席にオーナーが腰を下ろして尋ねてきた。

「おいしいですか？」

笑顔ではなく凄むような表情で言われ、私は内心ヒヤリとしながらも「とてもおいしいです」と素直に答える。そんな私を見て、オーナーは少しだけ表情を和らげて口を開いた。

「でしょうね。このひと皿には果てしない手間がかかっています。肉と野菜を調理したシェフ・ド・キュイジーヌ、ソースを作ったスー・シェフ、下拵《したごしら》えをしたトゥルナン、ワインを選んで買いつけたバイヤー。それにうちと専属契約を結び良質の肉と野菜を育ててくれているフランスの農場。それらの材料を滞りなく運んでくれる輸入船。これだけ大勢の人が心を籠め作り出した品なんです、不味《まず》いはずがありません」

説明を聞きながら、私はポカンとしてしまった。料理のひと皿にそんなにたくさんの人の手が掛かっていることを、想像したことなんてなかった。

「今日は簡易的に盛りつけしていますが、これはあの日、あなたに紹介するはずだった料理とほぼ同じです。私どもは良い紹介記事を書いてもらおうと、忙しい中、心を尽くした逸品《いっぴん》を用意してあなたを待っていました」

「……あ、……」

ズキンと、胸が抉《えぐ》られたように痛んだ。

……どうして今までオーナーが私の謝罪を受け入れなかったのか。ようやく理解して、自分の至らなさに顔が熱くなった。恥ずかしくて、申し訳なくて、自分が情けなくて、顔を隠して俯きたくなる。

「けれど、一番おいしく美しい状態から一時間も経ってしまった料理に、価値はありません。それをうちの店の料理として紹介することは、うちの店の価値を著《いちじる》しく落とします。だから処分するしかなかった。私たちの思いの籠もった料理を」

「ご……、ごめんなさい！　本当に申し訳ありませんでした……！」

いたたまれない思いで立ち上がり、深く頭を下げた。

今までも反省はしていたけれど、それは約束を破ってしまったことに対する反省だった。でも今は違う。私は本質がわかっていなかった。オーナーやシェフたちの思いを蔑《ないがし》ろにしたことに、反省と謝罪をしなくちゃいけなかったんだ。

「三宅さん。私はお金を払って欲しかったわけでも、上辺《うわべ》だけの謝罪に何度も来てほしかったわけでもないんです。ただ、同じ〝仕事をする社会人〟としてわかってほしかった。仕事に対する誇りを傷つけることが、どれほど罪深いかを」

オーナーの声が重く胸に響く。二度と同じ過《あやま》ちを犯さないよう、深く心に刻んだ。

今日のことを一生忘れてはいけないと思った。

「……私は自分が謝罪して挽回《ばんかい》することばかりを考えていました。謝罪の先に相手の方の心があることを、わかっていなかった。本当に未熟だと思います。気づかせてくださってありがとうございました。そして、先日は心づくしのお料理を用意してお待ちくださったにもかかわらず、台なしにしてしまって申し訳ありませんでした」

今度こそ反省を籠めて謝罪する私に、オーナーは「頭を上げてください」と言ってくれた。その声には、今までのような圧はもうなかった。

オーナーは今後の取材を許可してくれた。ホッと胸を撫で下ろし、感謝を述べてお店を去ろうとしたとき、最後に彼は「どうして今日はあなたの謝罪を受け入れようと思ったかわかりますか？」と尋ねてきた。

私もそれは不思議に思っていたので「なぜですか？」と率直に聞けば、彼は店の窓際を指さした。そこには私が持ってきたミモザのフラワーバスケットが飾られている。

「ようやくあなたが、私の方を向いて謝りにきたんだと思ったからです。あなたは今まで誰の方も見ず、ただ頭だけ下げていた。それが今日はこの店に、私のために〝冬の太陽〟を持ってきた。初めてあなたに顔を向けられた気がしましたよ」

つくづく、今までの自分が恥ずかしい。彼の言う通りだ。今まで私は誰に向かって頭を下げようとして来たんだろう。

「本当に今さらでお恥ずかしいのですが……オーナー様がフランスのご出身だと知っ

て、それでフラワーショップで相談したらお勧めされたんです」

頭を掻きながら顛末を話せば、オーナーはハハハッと豪快に笑った。

「そうですか。まあ、ミモザはイタリアに近い南フランスの名物《めいぶつ》ですけどね。私はパリの出身です」

相手を慮ったつもりがやっぱりだったことに、私の顔が赤く染まる。そんな私を見てオーナーは、「またいつでも、取材でもプラベートでも食べにきてください。今度は遅れずに」と微笑んでくれた。

# 第八章

いつの間にか十二月も後半に入っていて、街の景色がクリスマス一色に彩られていたことに私は今さら気がついた。

「大きいツリーだね。クリスマスって感じがする」

とある午後。偶然玄関ロビーで一緒になった瀧沢さんとコーヒーショップに飲み物を買いにきた私は、店内に飾られていたツリーに目を留めてしみじみと言った。

そんな私に「えっ!? 今頃っすか?」と瀧沢さんは目をまん丸くする。

「何回もここ来てますよね? 先月から飾ってありましたよ」

「そうだったっけ。……見えてなかったかも」

自分で言いながら、本当にいっぱいいっぱいだったんだなと痛感する。仕事に忙しくて、謝罪に必死で、それから――涼太さんのことで心が空っぽになっちゃって。

「……三宅さんって、クリスマスどうするんですか」

オーダーしたホットチョコドリンクを受けとりながら、瀧沢さんが言った。ツリーを眺めてぼーっとしていた私はそれが聞こえていなくて、「え、ごめん。何?」と尋ね返す。

「だからー、クリスマスですよ。今年のイブ、金曜日でしょう？　もし予定ないなら仕事のあとメシ行きましょうよ」

瀧沢さんは私のオーダーしたホットジンジャーラテを受けとって、それをこちらに手渡しながら言った。ぼんやりしていたせいで私はその言葉の意図に気がつくまで、時間がかかってしまった。

……涼太さんとの顛末は誰にも言っていない。会社では普通を装っていたつもりだったけれど、瀧沢さんにはお見通しだったのだろうか。でなければ、恋人のいる相手をわざわざクリスマスに誘ったりしないはずだ。

「クリスマス、か……」

正直、どう返すべきかわからなかった。

相変わらず涼太さんからは連絡がない。私からもしていない。あれから三週間以上が経っていることを考えれば、もう私たちの関係は破綻したと考えるのが普通かもしれない。

けれど——私は心の奥底で、どうしても涼太さんとの関係が終わったと認められないでいた。

未練があるのなら修復のためにあがけばいいことはわかっている。でも現状何をしたらいいのだろう。

お互い、結婚に関して望むものが真逆なのだ。折り合いのつけようもない。だからといって結婚を考えず恋人として付き合い続けたところで、結果は一緒だ。涼太さんが転勤になれば遠距離恋愛になる。それは彼と結婚して単身赴任で離れ離れになるのと何が違うのだろうか。

もう駄目だと、この恋は行き止まりだとわかっている。それなのに、私は認められないでいた。

心の奥底でこの恋を――涼太さんの隣にいる人生を、あきらめられないでいる。

きっと、クリスマスツリーが目に入らないほど心が空っぽなのは、現実逃避《げんじつとうひ》なのだと思う。季節を意識してしまえば、彼が隣にいないことを実感してしまう。マフラーを巻いて一緒にイルミネーションの街を歩きたかったとか、彼のためにクリスマスプレゼントを選んであげたかったとか、年明けは一番におめでとうを言いたかったとか。もうきっと叶わない願望を意識して暮らすのは、あまりにもつらすぎるから。

「……さん。三宅さんってば！」

「えっ!?　あ、何？」

また考えに耽ってしまっていた私は、隣で瀧沢さんが呼びかけていることに気づいてハッと顔を上げた。

「またぼーっとして。そこ、危ないっすよ。工事してるから」

「あ、うん。ありがとう」

言われて、目の前の道が工事中のポールで塞がれていることに気づいた。危なかった、激突するところだった。

「……あれ。ここの工事ってまだやってたんだ。年内で終わるはずじゃなかったっけ」

ポールと三角コーンで結ばれた工事中の敷地を避けながら、テントの掛かった建物を見上げて呟く。確か新しく建つ予定の商業ビルだったような。

「なんか建築用の資材が海外で高騰《こうとう》してるとかで工事が滞ってるらしいですよ。俺もよくは知らないけど」

「へー。そうなんだ」

「ほら、夏ごろに北欧《ほくおう》で大規模な森林火災あったじゃないですか。その影響じゃないですかね」

「ふーん。建築資材って結構輸入に頼ってるんだね」

「そりゃそうでしょう、別に資材に限った話じゃないと思いますけどね。……で、クリスマスの話はどうなったんすか」

急に話題をクリスマスに戻されて、「あー、うん、えっと……」とまごまごしてしまった。まだ考えが全然まとまっていない。

「……み、未定。……かな。あはは……」

涼太さんに会いたい、まだ希望を捨てたくないという気持ちと、もういい加減に踏《ふ》ん切《ぎ》りをつけるべきだという気持ちがせめぎ合う。

瀧沢さんがここまで手を差し伸べてくれているのだ。新しい恋をする舞台は整っている。気持ちを切り替えてその手を取るのがきっと正しいと、頭ではわかっているのに。

曖昧な答えを返した私を、瀧沢さんは足を止めてジッと見つめた。

「じゃあその未定、俺が予約します。いいですよね？」

「えっ」

「未定ってことは、彼氏と会うつもりがないんでしょう？　また連絡が取れなくなってるのか、それとも別れたのか知らないけど、二十四日は俺がそばにいます」

強引な約束に、私は戸惑うばかりで頷けない。すると瀧沢さんは一歩前に出て、顔を近づかせて言った。

「そろそろ選んでください、俺のこと」

瀧沢さんのアーモンド型をした目が、間近で私を見つめる。鼓動が大きく高鳴って、咄嗟に顔を背け彼の胸を押し離した。

「ちょ……、昼間の往来でやめてよ」

ドキドキと心臓がうるさい。これ以上、頭も心も乱さないでほしいのに。

「二十四日、絶対に空けといてください。俺が予約しましたから」

真剣な声でそう言い残すと、瀧沢さんは私に背を向けて先に行ってしまった。彼の言った『そろそろ選んでください。俺のこと』という台詞が、頭の中でループする。

……選ばなくちゃいけない時期にきているんだと、あらためて思い知った。

瀧沢さんは待ってくれている。ずっと。そばで私を支えながら、私が手を伸ばし彼の手を取るのを。

空を仰いだ視界に、テントを掛けたまま佇《たたず》むビルが映った。いつまでも未完成のそのビルが、立ち尽くしたまま答えを出せない自分と重なって見えた。

瀧沢さんとの約束をキャンセルしないまま、いよいよクリスマスイブ当日を迎えた。気持ちはまだ揺れている。涼太さんへの未練が断ち切れないまま、瀧沢さんと結ばれてしまっていいものかと。

けれど、だからこそ今日は一緒に過ごすべきだとも思う。瀧沢さんの想いを受け入れることが、過去の恋を吹っ切り新しい一歩へ踏み出す勇気を生むのかもしれないのだから。

そんなふうに、自分の心に言い聞かせているときだった。昼休み中の私のもとに、一件のメッセージが届いたのは。

『こんにちは』

そんなたわいない挨拶に、心臓が口から飛び出しそうになるほど高鳴った。だってその差出人は――涼太さんだったのだから。

『あれからずっと青藍さんのことを考えています。知らないうちにあなたをたくさん苦しめていた自分が不甲斐なくて、反省と後悔を繰り返しているうちに冬になってしまいました。けどやっぱり、ひとりで考えていても答えは出ないし前にも進めません。話がしたいです、青藍さん。ふたりのことはふたりで話し合って、少しずつわかり合って、ひとつずつ答えを出していきたいです。会いに行ってもいいですか』

そんな、彼の丁寧な口調が聞こえてきそうなメッセージに、泣きたくなるほど胸が締めつけられる。それと同時に、私と彼で徹底的に思い違いをしていることを知った。

涼太さんはあきらめていない。正反対を向いている私たちが、この先もずっと一緒にいる未来を。

自分を恥じた。何もかも勝手に決めつけて、悩んで、あきらめようとしている自分はなんて情けないんだろう。

『『どうせ無理だ』って、自分で限界決めつけて狭い世界に閉じこもって嘆いてるだけに見える』

沙羅の言う通りだった。私は何も成長していない。全力で考えることも、カッコ悪くあがくこともしないで勝手にあきらめていた。その間も涼太さんは、共に前へ進もうと手を放さずあがいてくれていたのに。

「……涼太さん……」

彼との前向きな未来を、もう一度考えたい。私は自由だ。大事なものをあきらめずにいられる可能性をいくらだって秘《ひ》めているはず。そう思ったら、ずっと燻っていた胸の中が晴れた気がした。

『ありがとう。私も一緒に、涼太さんとの未来を考えたいです』

そう返信を打とうとしたとき、手の中のスマートフォンをヒョイっと取り上げられた。

「何してんすか」

スマートフォンを取り上げたのは、いつの間にか私の席に来ていた瀧沢さんだった。

驚いて「ちょっ、か、返して」と手を伸ばすものの、彼はスマートフォンの画面を一瞥《いちべつ》してメッセージアプリを勝手に閉じる。

「しんみょーな顔して何見てるかと思ったら……。勘弁してください、直前になって復縁とか。ドタキャンとか絶対許しませんからね」

「勝手に見ないで！」と怒りたかったけれど、口を噤む。今日の約束を断らず、彼に期待を抱かせてしまったのは私だ。そんな責任を感じて、モゴモゴと言葉を呑み込んだ。

「昼飯《ひるめし》誘いにきたんですけど。こないだオープンしたアメリカンハンバーガーショップ行きましょうよ」

そう言って瀧沢さんは私のスマートフォンを、自分のジャケットのポケットにしまってしまった。

「え、なんで？　返してよ！」

取り返そうと詰め寄るものの、瀧沢さんは「駄目。今返したら返事打つでしょ」と言ってクルリと背を向け、器用に私の手を避ける。

「ほら、行きましょ。昼休憩の時間なくなっちゃいますよ」

スマートフォンを人質《ひとじち》に取ったままさっさと編集部室を出ていく瀧沢さんに、私は否応《いやおう》なしについていくしかなく、慌ててコートを着て「待って！」と走っていった。


昼休憩が終わると共にスマートフォンは返してもらえたものの、すぐに仕事の打ち合わせやなんやと忙しくなってしまったせいで、返信のタイミングを逃してしまった。

そして仕事が終わった夜七時。

「お疲れっす。さ、行きましょう。店、七時半から予約してあるんで」

まるでタイミングを見計《みはか》らったかのように、パソコンの電源を落としたところに瀧沢さんがやって来た。

「あれ？　ふたりでどこか行くの？」

わざわざ編集部室まで私のことを迎えに来た瀧沢さんを見て、島谷さんが目をパチクリさせながら言う。それもそうだろう、クリスマスイブの夜に男女がふたりで出かけるのだから。

どう説明していいものかと戸惑っていると、瀧沢さんはためらうこともなく「ええ、まあ。メシ食ってイルミネーションでも見に」と頷いた。その答えに島谷さんがますます瞬きを繰り返す。顔には『え？　だって三宅ちゃん彼氏は？』と書いてあるように見えた。

瀧沢さんもそれを察したのか「あー……」と言葉を探すように考えてから、「今日落とすつもりです」と、とんでもないことを宣言した。

「……っ！　た、瀧沢さんっ！」

顔を赤くして焦る私に、島谷さんは「あら～あらあらま～」と実に楽しそうに口角を上げながら、「顛末は休み明けに教えてね～」と弾むような足取りで帰っていった。

……井出さんに余計なこと言ってたらどうしよう。

「もう、社内であんまり変なこと言わないでよ」

会社を出ながらプリプリと瀧沢さんに怒れば、彼は気にも留めない様子で「別に隠すことでもないし」と飄々と言ってのけた。なんだか外堀《そとぼり》を埋められてる気がする。

ただ救いだったのは、彼が『付き合ってる』などと嘯《うそぶ》かず、『落とすつもり』と言ったことだ。まだ私に、選択の余地は残っている。

「……瀧沢さん。あの、やっぱり今日……」

思いきって口を開きかけたときだった。バッグに入れていたスマートフォンが電話の着信音を鳴らした。画面に表示された名前は……涼太さん。

もしかしてメッセージの返信を待っていたのだろうかと思い、慌てて電話に出た。

「もしもし、涼太さん？」

『もしもし。……よかった、出てくれて』

三週間ぶりの、涼太さんの声。

前回あんなに酷いことを言って別れたのに、彼の声には冷たさは微塵《みじん》もなく、私と繋がった安堵と喜びが静かに溢れている。そのことが、未練という名で燻っていた私の恋心をあっという間に燃え上がらせた。

『急にごめん。今、大丈夫？』

「え……えっと」

今の状況を考え、なんて言おうかと迷っていたら、またしても瀧沢さんにスマートフォンを手から抜き取られた。

「あっ!?」

しかも驚く私の目の前で、瀧沢さんはなんとスマートフォンを耳にあてて喋りだすではないか。

「元カレさんっすよね。この人、これから俺とデートなんで。邪魔しないでください」

瀧沢さんはそれだけ言うと通話を切って、唖然としている私にスマートフォンを手渡す。

そして「言ったでしょ、ドタキャン禁止って。かかってきてももう出ないでくださいよ」と、わざと怒った顔をしてみせた。

「でも……！」

「でもだってでもないです。今日だけは俺に付き合ってください」

そう言うと瀧沢さんは、私の手を掴んで歩きだした。クリスマスのイルミネーションで煌めく遊歩道を、ズンズンと足早に進んでいく。

「ちょ、ちょっと！　歩くの早いよ！」

足をもつれさせそうになりながら後をついていくと、歩く速度を緩めてくれた。ホッとして横に並ぼうとしたとき。

「……勝負くらいさせてくださいよ。不戦敗《ふせんぱい》とか納得いかないにも程があるっしょ。最後はどっちに転ぶのも三宅さんの自由だけど、告白くらい聞いてから決めてもバチは当たんないっすよ」

顔を前に向けたまま、呟くように瀧沢さんが言った。握られた手が、途端に熱く感じる。

……ちゃんと瀧沢さんと向き合おう。彼の気持ちを精一杯受けとめて、そして精一杯の気持ちで答えを返そう。

告白してこないのをいいことに、同僚としての線を引きながら一緒にいた。それでいいと思っていた。けれどやっぱり、そんなの駄目だ。

涼太さんに早く連絡を返したい気持ちを抑えて、今だけは瀧沢さんに付き合うことを決心する。

「……行こう、瀧沢さん」

隣に並んでそう言うと、瀧沢さんは掴んでいた手を離した。そして今度は早歩きじゃなく、私の歩調に合わせて歩いてくれた。


……とはいえ、告白されること前提の食事というのはなかなか喉を通りにくい。

いつもと変わらない顔を装いながら、瀧沢さんの予約してくれた創作フレンチで食事をしたけれど、会話が途切れ彼の目が私を見るたびに妙な緊張をした。

食事を終えて、駅までの道を遠回りしながらイルミネーションを見て。時間が経つごとに勝手に私の緊張が高まっていく。心なしか、彼の口数も少なくなってきた気がする。

そして瀧沢さんが私の最寄り駅まで送ってくれたとき、緊張はピークに達した。

家まで送ってくれる道の途中で、瀧沢さんは無言のまま私の肩を抱き寄せてきた。さすがにそれは拒もうと体を離そうとすると、今度は強引に腰を引き寄せられてしまう。

「やめて、瀧沢さん」

けれど、拒む私の口を塞ぐかのように彼はキスをしてこようとした。

「やだ……、いやっ！」

力いっぱい体を押し離し、数歩後ずさって距離をとる。ここがひとけのない道であることが、急に怖くなった。

「ずるいよ！　何も言わないで、私の答えも聞かないでこんなことするの」

「……だって正面切って告白したら、三宅さんソッコーで俺のこと振るでしょ」

さっきまでいじらしいと思っていた彼の想いに、ヒヤリと背が冷たくなる。穏やかな涼太さんとずっと付き合っていたから忘れていた、男性の好意が時にはこちらの気持ちを無視した強引なものになることに。

「だからって、こんなことしていいわけないでしょ！　私の気持ちは全部無視じゃない！」

「三宅さんこそ、俺の気持ち弄《もてあそ》んでるだけじゃないっすか。クリスマスの夜に好きな子とずっと一緒にいて、何もせず我慢しろって方がひでぇよ」

「だって、今日だけはドタキャン禁止って……！　不戦敗は嫌だから最後まで勝負させろって言ったのは瀧沢さんじゃない！」

「だからこれが俺の勝負ですよ。ひと晩一緒にいて、それで考えてください。メシ食って歩いただけで、三宅さんの気持ち変わんないでしょ？　今夜めちゃめちゃ幸せな気分にさせますから、そんで、遠くにいていつも寂しがらせてた元カレと比べてくださいよ」

「絶対ヤダ!!」

思わず全力で否定して、その場から逃げるように駆け出してしまった。

警戒心の薄い私が悪かったのだろうか。彼の気持ちに真剣に向き合いたいなんて、甘い考えだったのだろうか。

そんな後悔や憤りで頭をグルグルさせながら走っていると、後ろから足音がついてきていることに気づいた。

「三宅さん！　なんで逃げるんですか！　ってか危ないから家まで送りますって！」

「いい！　遠慮する！」

「警戒しすぎ！　すんませんでした！　もうなんもしないから止まってください！」

「いいから！　ひとりにして！」

どうしてこうなってしまったのか。いい大人がふたり、クリスマスイブの夜に住宅街で追いかけっこしている。

マンションまで走って逃げようと思ったけれど、むしろこのまま部屋まで押しかけられたら怖いなと考え、進行方向を変えた。すぐ近くにある公園ならそれなりに広いし、こんな時間でも人がいるのではないかと期待して駆け込んだけれど、あいにく虚しいくらいに閑散としていた。

「なんで公園!?　三宅さん、おとなしく家に帰ってください！」

「瀧沢さんがついてこなければ帰るよ!!」

喜劇のような追いかけっこは、わき腹が痛くなってしまった私の負けだった。池の周りのマラソンコースを半周したところでついに足が止まり、池の柵に凭れかかってゼエゼエと肩で息をする。

「つ……疲れたぁ……っ。なんで俺、クリスマスイブにスーツでマラソンしてるんだろ……」

瀧沢さんもハァハァと息を乱し額の汗を手で拭いながら、私に追いついた。

「あーあ……。もういいっす。俺、拒まれ過ぎ。振られたってことでりょーかいです」

「瀧沢さん……」

投げやり気味に呟いた瀧沢さんを見て、少しだけホッとした。彼の気持ちときちんと向き合う……とはほど遠くなったけど、終止符《しゅうしふ》は打てたのかもしれない。

「まあ、同じ職場だしギクシャクすんの嫌なんで。これからもふつーな感じでお願いします」

「こ、こちらこそ」

よかった、と安堵した瞬間、眩暈がした。ディナーでお腹いっぱい食べたうえ、ワインも飲んでいたのだ。それで全力でダッシュなんてしたら、体の調子もおかしくなるというものだ。

「なんか……気持ち悪い……」

「は？　大丈夫っすか!?」

トイレに行こうと歩き出そうとしたら足がもつれた。腰までしか高さのない柵に倒れ込むように寄りかかったとき再び眩暈がして、頭と体がバランスを失う。

「三宅さん!!」

驚愕《きょうがく》の表情で私に向かって手を伸ばす瀧沢さんの姿がグルリと反転したと思った次の瞬間、私の体は威勢のいい音を立てて池へと落っこちた。

「っ⁉　ぶはっ！　な……⁉」

一瞬何が起きたのかわからなかった。本能だけで空気を求めて水の上に顔を出し、自分が池で溺れているのだと理解して頭がパニックになる。

「つ、つべたっ‼　助けて！　死ぬ！　凍え死ぬ‼」

十二月の池の水は冷たいを通り越して痛い。当たり前だ、今日の最低気温は一度なのだから。

「ちょ⁉　み、三宅さんっ‼　え、えぇえぇ⁉」

私もパニックだけど瀧沢さんも激しく動揺している。いきなり知人が目の前で溺れだせば取り乱すのも無理はない。

彼はオロオロとしながら辺りを見回し、私に手を差し伸べるもまったく届かず、

「三宅さーん‼　待って、今救急車呼ぶから！」と完全に混乱に陥っていた。

——そのとき。

「青藍さん⁉」

マラソンコースの方から、誰かが凄い勢いでこちらに走ってくるのが見えた。そして、もがく私に向かって空のペットボトルを投げると「それに掴まって！　今助けるから、落ち着いて！」と叫び、コートとジャケットを脱ぎ捨てて池に飛び込んだ。

わけもわからず投げ込まれたペットボトルに掴まり、水上に顔を出そうとする。すると背後から体を抱きかかえられて、上体を引き上げられた。

「青藍さん、落ち着いて。ここ、足が着くよ」

「へ?」

後ろからそう声をかけられて、キョトンとする。そしてバタつかせていた脚をしっかり伸ばせば、底に足が着いて水面に顔どころか肩まで出た。

「本当だ……」

今までの人生で一番の安堵を覚えた私はハーッと大きく嘆息し、脱力しそうになる。そんな私の体をしっかりと支えて、「歩ける? 水から上がるよ」と、心を落ち着けるような穏やかな声が後ろから聞こえた。

「……涼太、さん……?」

ゆっくり振り向いた私は目を瞠《みは》る。どうして涼太さんがここに? という驚きと、彼が助けてくれたという喜びで、頭が真っ白になってしまった。

涼太さんは私を支えながら慎重に池のほとりまで歩き、水から上がった。そして脱ぎ捨てたジャケットとコートを拾うと、呆然としている私の体をそれでくるんだ。

「このままじゃ体が冷える。すぐに着替えないと」

確かに死にそうに寒い。尋常《じんじょう》じゃない。けれど同じくびしょ濡れになっている涼太さんを見て、私はハッと我に返った。

「な、なんで涼太さんがここにいるの？　っていうか涼太さんだって濡れてるんだから、温かくして！」

掛けられたコートを脱いで彼に無理やり羽織らせると、涼太さんは目をパチクリさせた後、「痛いところや苦しいところはなさそうだね。とりあえず、無事でよかった」と安心したように目を細めた。

「話は後。まずは濡れた服を脱いで着替えて、それから念のため病院へ行こう。水を飲んでたら後で体調を崩すかもしれないからね」

「う……うん。じゃあ涼太さんもうちへ来て、ここからすぐだから！　お風呂入って着替えて！」

「うん。とにかく家まで送っていくよ」

涼太さんはそう言うとコートを脱いで再び私に掛け直した。「駄目だよ、涼太さんが凍《ここ》えちゃう」と返そうとしたけれど、「俺は寒いの平気だから」と断られてしまった。

そんな私たちのやりとりを見ていた瀧沢さんが、「だ、大丈夫っすか、三宅さん……」と、おずおずと声をかけてきた。

「すみません、俺……何も出来なくて」

泣き出しそうな顔になって、瀧沢さんは自分のつけていたマフラーを私の首に掛ける。

「勝手に落っこちた私が悪いんだから気にしないで。驚かせちゃってごめんね」

彼もまさかロマンチックな期待をしていたクリスマスイブが、こんな顛末になるとは思っていなかっただろう。振られて頑として拒まれたあげく、目の前で池に落ちられて。悪夢《あくむ》みたいなクリスマスイブになってしまったであろうことを、少し申し訳なく思う。

すると。

「むしろ助けようとしてあなたまで飛び込んでなくてよかった。水難事故は救助しようとした人の二次被害が多いですから。もし今後こういう場面に遭遇したら、水に浮くものを投げてあげるといいですよ」

瀧沢さんに向かって淡々と真面目なアドバイスをする涼太さんに、つい笑いが込み上げてしまった。いや、大事な話ではあるけど、そんな話する関係？

瀧沢さんも瀧沢さんで、「わかりました。肝《きも》に銘《めい》じます」なんて真面目に答えるから、なんだかますますおかしい。

「行こう、涼太さん。風邪ひいちゃう」

体が冷えてきたのを感じて、彼の腕を軽く引いた。とりあえず今は早く帰ってお風呂に入ることが先決だ。

涼太さんは頷くと、お互いの体温を少しでも逃さないように私の肩を抱き寄せ、瀧沢さんに軽く頭を下げてから歩き出した。

私は顔だけ振り返らせ、未だに戸惑いと落胆から抜け出せていなさそうな瀧沢さんに声をかける。

「心配かけちゃって本当にごめんね！　それから……ご飯、ご馳走様でした！　おいしかった！」

暗かったのではっきりとはわからなかったけれど、最後に見た瀧沢さんの顔は、少しだけ綻んでいたような気がした。

「……やっぱり腹立つな」

並んで歩く涼太さんが、ボソリと呟いた。よく聞こえなかったので「え？　何か言った？」と聞き返したけれど、彼は拗ねたように口を引き結んだだけだった。

「ねえ。涼太さん、いつこっちに来たの？　どうして私が公園にいるってわかったの？」

代わりにさっきから不思議に思っていたことを聞けば、彼は眉間《みけん》に皺を刻んでますます不機嫌そうな顔になってしまった。

「そりゃ、あんな宣戦布告《せんせんふこく》されればね」

「宣戦布告？」

「自分の彼女がこれから他の男とデートするって言われたら、駆けつけざるを得ないと思うんだけど」

「あ……」

レストランに向かう前の電話を思い出した。けれどまさか、横須賀から恵比寿まで駆けつけてくれるなんて。

「青藍さんの部屋まで行ったらまだ帰ってなかったから、駅まで戻ろうとしたんだよ。そうしたら道で女の人が男に追いかけられてるのが見えて、事件だったら大変だと思って後を追いかけて公園に入ったら……」

「……私が溺れてた、と……」

「うん」

それはさぞかし驚かせただろうなと思うと、恥ずかしくて顔が燃えそうに熱くなった。瀧沢さんにも思ったけれど、涼太さんにも悪い意味で忘れ難いクリスマスイブの思い出を作ってしまって申し訳ない。

「本当は相手の男から青藍さんを奪い返すつもりできたんだけど、結果的に命を救えることになってよかった。もしあの場に遭遇できてなかったらと思うと、ゾッとする」

「そうだね……。本当にどうもありがとう」

落ちた池が足の着く深さだったとはいえ、きっとあのとき涼太さんが落ち着かせてくれなかったら、私は気づかず溺れていただろう。もしかしたら命を落としていた可能性だって十分ある。

改めて恐ろしくなって、ブルっと体が震えた。そんな私を見て、寒がっていると思ったのか涼太さんが抱き寄せていた私の肩をさすってくれた。

「私、涼太さんに助けられてばっかりだね。迷惑ばっかりかけてごめんなさい」

「迷惑だと思ったことはないよ。でも……心配はかけないでほしいかな。さすがに今回は心臓が止まりかけた。助かって本当によかった……」

ホーッと嘆息する涼太さんを見て、彼がどれほど心配してくれたのかが伝わる。申し訳なくてしょんぼりとしながら「ごめんなさい」と言えば、子供を慰めるみたいに頭を撫でられた。

それからしばらく無言のまま歩いた。けれど涼太さんはどことなく落ち着かない様子で、やがて少しためらいがちに口を開いた。

「……彼とデートしてたの？」

「う、……うん……」

私が池に落ちたことで話題が逸れていたけれど、涼太さんが駆けつけた原因はそれだ。なんとも気まずいけれど、すべては自分の選択した行いの結果だからと、腹を括ってすべてを話そうと心を決める。

「ごめんなさい……。ええっと、どこから話せばいいのかな……」

もとを辿れば、もう破局《はきょく》だと思っていた先月のプロポーズから話が始まる。どうやって説明しようと考えているうちに、気がつくとマンションの前までやって来ていた。

「とりあえず、体を温めることが先決だ。話は後にしよう」

「うん、そうだね」

部屋に入った私はまずエアコンをつけて、それからお風呂のお湯を溜《た》めにいった。

体の芯まで冷えてしまっている。シャワーだけではとても温めきれない。

その間に涼太さんに濡れた服を脱いでもらって、ひとまずバスローブを着ていてもらうことにした。涼太さんは背も高いし肩幅もあるので、私のオーバーサイズの服でも着られない。今度、彼の予備の服を買って部屋に置いておこうと思った。

「涼太さん、あの……。今夜って泊まっていける……？　うち、乾燥機なくて。洗った服乾くの明日になっちゃう」

こんなときに積極的にお泊まりを勧めるみたいで少し気が引けたけれど、涼太さんは「うん、明日休みだし大丈夫だよ。どうもありがとう」と拍子抜けするほどあっさりと答えた。

そうこうしてるうちにお風呂の用意が出来て、「涼太さん先に入って」「青藍さんが先に入るべきだよ」の押し問答が始まる。

助けてもらった身で先に温まるわけにはいかないと頑として譲らなかったけれど、最終的に涼太さんが私の体を抱きかかえ浴室へ運んでドアを閉めるという物理的な強硬《きょうこう》手段に出て、私が先に入らざるを得なかった。悔しい。

そうしてふたりともお風呂を済ませ、洗濯した服を干し、温かいお茶を飲んで、ようやく落ち着くことが出来たのは十一時を過ぎた頃だった。

「……実はね、涼太さん……」

テーブルを挟んでクッションに座り、私はすべてを話すことにした。

温かい家庭への憧れと東京へのこだわり。そのせいで視野が狭くなって、涼太さんの仕事をすべて受け入れられなくなっていたこと。自分で限界を決めて、涼太さんとの未来を勝手にあきらめてしまっていたこと……涼太さんとはもう破局するものだと思い込んでいたこと。

そして、瀧沢さんのことも話した。彼は私が落ち込んでいたときにいつも慰めてくれたことも、同僚としての一線を引きながらも、彼が好意を抱いてることに気づいたことも。……それから、彼の気持ちを真摯に受けとめて答えを出そうとして、今日のデートに応じたことも。

「……それで、キスされそうになって走って逃げてたってわけか……」

「うん……。そんなつもりじゃなかったのに……なんてのは、私の勝手な言い草《ぐさ》だよね。誤解されて当然な振舞いしてたんだもん」

「うーん……」

悩ましげに唸《うな》って、涼太さんは額を手で押さえて嘆息した。

「本当に駆けつけてよかった。青藍さん、意外と危なっかしいね？」

女性慣れしていないと自称《じしょう》する涼太さんにまで『危なっかしい』といわれてしまって、軽くショックを受ける。二十六年間生きてきて、自分は男性をあしらうのが下手なのだと初めて自覚した。

「軽蔑なんかしない」とすぐに首を横に振った。

「すみません……。軽蔑《けいべつ》した？」

しょんぼりと肩を落として尋ねれば、涼太さんは「軽蔑なんかしない」とすぐに首を横に振った。

「他人に対して壁を作らず接してくれるのが、青藍さんのいいところでもあるから。……けど……」

「けど？」

涼太さんはしばらく言葉を探すように難しそうな顔で口を噤み、そして彼らしくなく視線を私から逸らしながら言った。

「……本音を言えば……俺以外の男にあまり心を許さないでほしい」

口もとを手で隠しながらゴニョゴニョといったその台詞に、私はキョトンとした。

あれ？　前に異性と食事に行くの嫌か聞いたときは『平気』って言ってたけど……

本当は嫌だったのかな。

手で半分覆った彼の顔が、赤く染まっているのが見える。もしかして涼太さん、やきもち焼いてるのだろうか。

「……っ、ごめん。やっぱり今のなしで」

妬《や》くことは彼にとってよほど恥ずかしいことなのか、涼太さんはついに視線だけでなく顔ごと私から背けてしまった。

「男性でも女性でも、青藍さんが選んだ友人なら俺は信じるから。だから周りの人との付き合いを、大事にしてほしい」

涼太さんはそう言ったけれど、本音はすでに丸見えだ。頑張って嫉妬心を抑えて理解を示そうとするその姿が、なんだか微笑ましいやら嬉しいやらで私は笑顔になってしまう。

「いいよ。涼太さんが嫌な思いするなら、仕事以外で男の人とは出かけない。そもそも瀧沢さんの件で私も反省したし。危機感とか警戒心とか足りなかったと自分でも思う。でももし友達として一緒に出かけたい男の人が出来たら、そのときは先に涼太さんに紹介するね。涼太さんもその人と友達になっちゃえば安心でしょう?」

あっけらかんと言った私に、彼はこちらに顔を向け直して目を丸くした。

「でも……俺のわがままで青藍さんの交友関係を制限したりするのは……」

「そんなことないよ? 私プライベートで仲いい男友達とかいないし。もしこれからそういう友達が出来たら、涼太さんに紹介すれば済むだけのことだよね」

「……いいんだ? それで?」

「うん？　全然構わないけど？」

もしかして私を束縛《そくばく》すると思って、本当は嫌なのを言い出せず悩んだりしていたのだろうか。過保護な涼太さんならあり得る。

まるで大問題があっけなく解決して驚いているように目を丸くしている彼に、私はついに笑い声をあげてしまった。

「もー！　嫌だったら嫌って素直に言ってくれたらよかったのに！　私、涼太さんを悩ませてまで男の人と食事に行きたいわけじゃないよ！」

涼太さんもつられたように眉尻を下げて笑う。けれどその笑顔はやがて、切なさと真剣さを滲ませたものになった。

「……ありがとう。話し合えてよかった。青藍さんと付き合うようになってから自覚したんだけど、俺、結構独占欲強いみたいで。……けど、俺にあなたを束縛する資格はないって思ってたから。俺はあなたがつらいときや寂しいときに、必ずはそばにいてあげられない。それどころか何ヶ月も会えなくなったり、連絡すら取れなくなったりする。だから、青藍さんが寂しさを埋めるために俺以外の誰かと……男友達や男の同僚と過ごしても、それは責められないって考えてて」

「そんなこと……考えてくれてたんだ……」

やっぱり私は、浅慮だったのだなと思い知る。結婚のことを考えたときに、自分の事情ばかり考えて悲嘆に暮れていた。涼太さんは如何《いか》に私の寂しさを埋めるかまで考えてくれていたというのに。

「青藍さん。この間の話の続きになるけど――俺はやっぱりあなたと人生を共にしたい。けれど仕事を辞めることも考えていない。あれからずっと考え続けているけど、どっちの気持ちも全く揺らがなかったんだ。だから、一緒に考えよう。こうしてふたりで話して、ひとつずつ、何がいいのか見つけていこう」

「涼太さん……」

力強くて綺麗な彼の瞳を見て、深く頷いた。

私はもう自分の限界を決めない。勝手にあきらめない。今度こそ本当に〝自由〟であるために、あがいて、もがいて、欲しいものは必ず手に入れるんだ。

「涼太さん、教えて。涼太さんの仕事のこと、たくさん。これからは私も自分で調べる。海上自衛隊のこと勉強する。でも涼太さんの口からも聞きたい。結婚したら今とどう変わるの？　連絡はもっと取れるようになるの？　一番長い長期航海ってどれくらい？　それから……危ないことはないの？」

矢継《やつ》ぎ早《ばや》にした私の質問に、涼太さんはゆっくりと丁寧に、ひとつずつ答えてくれた。海上自衛隊には家族を支援するための様々な制度があって、任務の説明会や懇談《こんだん》会、オリエンテーション、家族会など育児の相談や被災時の相互援助など幾つものサポートがあるとのこと。家族ならば任務によっては現地から連絡を取ることも可能で、ビデオレターやテレビ電話などで近況の報告もあることや、徐々に艦にも無線ＬＡＮの装備が整いつつあること、等々……。

そして艦艇勤務の任務には色々なものがあるということを、涼太さんは一緒に海自のホームページなどを見ながら教えてくれた。

話を聞きながら私は、なんとなく彼が近いうちに当たる任務を悟る。〝海賊《かいぞく》対処行動〟というものだ。インド洋の海上輸送路を通過する船舶を、その名の通り海賊から守るというものだ。涼太さんは無意識だろうけれど、説明の丁寧さや表情の機微《きび》から、彼に関係があるものなんだなと感じた。

任務期間は約半年から七ヶ月。日本から一万二千キロという途方もなく遠いインド洋を目指し、護衛艦は海上訓練なども兼ねながら長い長い旅をする。

そして現地で、欧州からの輸入品などを積んだ日本の船舶が無事に海上交通路を通過できるように、様々な部隊と連携《れんけい》しながら数隻の艦で護衛するらしい。海賊なんて昔話に出てくるものしか知らなかった私にとって、今の世の中にも存在し、ましてやロケットランチャーなんて近代的な武器を積んでいるものもあるなんて、にわかには信じられないくらい驚いた。

「……もし海賊が出たら、涼太さんも戦うの？」

さすがに怖くなっておっかなびっくり聞けば、涼太さんは「多分、青藍さんが考えてるような戦い方はしないよ」と苦笑いを浮かべた。私の貧相《ひんそう》な想像力で思い浮かべていたのは、おとぎ話に出てくる悪い海賊たちが、剣や大きな玉の飛び出る大砲のようなもので戦う姿だ。……確かにそれはちょっと違うなと思い直すと共に、頭の中を覗かれたみたいで恥ずかしくなる。

「そもそも警戒監視すること自体が海賊行為の抑止力になるし、もし武装した不審船を見つけてもいきなり武力衝突はしないよ。武装解除を促して無力化させる。いくら海賊とはいえ民間船が武装したものと国が所持する艦とでは戦力が違い過ぎるしね。こちらはもちろん、向こうだって人命が惜しいのは当然だから」

確かに、海自が海外で武力衝突したなんてニュースは聞いたことがない。それなら滅多《めった》に危険なことはないのかと安心しかけたけれど、涼太さんは表情を引きしめると「でもね」と言葉を続けた。

「任務に武力がつきまとうことに変わりはない。海賊船に対峙する乗船チームは万が一の攻撃に備えて武装して臨むし、もしものときは艦の機関砲なんかを使う可能性もある。それに武装した民間船が必ずしも海賊行為が目的とは限らない。テロリストである可能性も視野に入れなくてはならない」

「テロって……無差別に自分ごと爆発したりするあれ？」

テロのニュースはさすがに私でもよく知っている。テレビで観た悲惨《ひさん》で残酷な光景が思い出されて、顔がサッと青ざめた。

「万が一だよ。けれど絶対《ぜったい》にないとは言いきれない。我々人間のほとんどは法と秩序《ちつじょ》に則って暮らしているけれど、世界にはそうでない人たちもいる。困窮《こんきゅう》から暴力や強奪《ごうだつ》に駆り立てられる人、自分の信じる正義のために己と他人の命を犠牲《ぎせい》にする人。俺たちは地球で様々な立場や考えの人と共存している。いつどこでどんな危険に見舞《みま》われるかは世界中どこでも同じだ。だからね、青藍さん。世の中には〝守る〟人がどうしても必要なんだよ」

「守る……人？」

だんだんと、涼太さんの伝えたいことがわかってきた。

これは、彼の仕事を好きになれないと言った私への――

『……わかんない……。戦争してるわけでもないのに、国を守るって何？　誰と戦うためにあんなに火器を積んでるの？　それは、結婚したいと思うほど好きな人の気持ちより守りたいものなの？』

――あんな疑問を投げかけた私への、答えだ。

「警察も消防も、そして俺たち自衛隊も。場所や規模は違えど、みんな人々の安全と暮らしを守るために働いている。国を守るって言うと漠然としちゃうけど、本当は単純なことなんだ。大切な人たちの平和な生活を守りたい、それが国防職の要《かなめ》だよ」

そう語った涼太さんの瞳は凛々しくて、まっすぐに前を向いていた。横須賀で『すいてん』を眺めながら自分の職務について語ってくれたときの眼差しと同じだ。

あのとき、彼の目には遠い大海原の青い景色が見えているんだと思ってた。けれど、それだけじゃないと気づいた。

涼太さんの瞳が見つめていたものは、きっと、自分が守る平和な未来だ。

話に聞き入っている私に、涼太さんはふっと表情を緩めて問いかけてきた。

「九月に行った花火の日のこと、覚えてる？　凄く楽しかった。みんな笑ってて花火が綺麗で、おいしいものが並んで大人も子供も自由で。俺の隣にあなたがいて。俺はただ……、そういう日常を守りたい」

九月のあの日――。忘れられない夜の思い出が蘇る。

綺麗だった。花火も、夜空も、屋台の明かりも、集まった人たちの笑顔も。

ようやく私の中で涼太さんの言葉がストンと呑み込めた気がする。あの日の自分の問いかけに、自分でも答えが出せた。

私も守りたい、守ってほしいと思う。ささやかで、平凡で、けれどもひとりひとりにとってかけがえのない日常を。

なんだか感激にも似た感情が込み上げてきて、たまらなくなった私は席を立つと涼太さんの隣に座って彼の腕にギュッと抱きついた。

そんな私を涼太さんは目を細めて見つめ、大切な宝物のようにそっと頭を撫でながら言う。

「……俺が守りたいものの真ん中にいるのはあなただよ、青藍さん。だから艦に乗る。あなたと、みんなの日常を守るために」

——この先も私は、涼太さんの仕事を全部好きにはなれないかもしれない。会えなくて寂しかったり、急に呼び出されて不満に思ったり、遠い海にいる彼を心配して不安になったりするかもしれない。そのたびに『こんなお仕事、どうかしてる！』と嘆く自分が容易《たやす》く想像出来る。

けれども。当たり前だと思っていた平和な日常は、涼太さんや国防が仕事の人たちが守ってくれた平和の欠片《かけら》ひとつひとつで出来ている。

私の日常を守りたいと言ってくれた涼太さんを、私はきっと一生尊敬して、感謝して、そして――誰よりも愛しく大切に思うに違いない。

「涼太さん。あなたに仕事を辞めて欲しいって言ったこと、今は後悔してる。私、自分のことばっかりで何も知ろうとしなかった。本当にごめんなさい」

しがみついていた腕を放し涼太さんを抱きしめると、彼も優しく抱きしめ返してくれた。

逞しい鍛えられた体、けれど抱きしめる腕はいつも優しい。まるで涼太さんの心みたいに。

「私は考えが浅いし、単純だし、独りよがりになりがちだし。また勝手に悩んだり困ったりするかもしれない。でも、もうあきらめないって約束する。だから結婚しよう、涼太さん。ふたりで幸せになる方法、私必ず見つけてみせるから。涼太さんが私を守ってくれるなら、私があなたの笑顔を守りたい。ううん、守ってみせる。だから――結婚してください」

遅れに遅れたプロポーズの答えは、格好悪くて、けれども私の覚悟の表れだった。

共にあがいて、けれども必ず一緒に幸せになると誓った私に、涼太さんは静かに

「うん」と言って抱きしめる腕に力を籠めた。

「愛してる、涼太さん」

最後に心の底から告げた唇を、涼太さんが優しいキスで塞ぐ。そしてゆっくりと私の体を押し倒しながら、涼太さんは祈りの言葉のように囁いた。

「世界中どこの海に行こうと、俺は必ずあなたのところに帰るから。だから、待ってて。俺だけを想って、待ってて」


その夜、私たちは初めて結ばれた。

情熱的で、泣きたくなるほど幸せな夜だった。

——そして、その二ヶ月後。

涼太さんとの連絡は静かに途切れ、三月になって私は海自のSNSで『すいてん』がインド洋における派遣《はけん》海賊対処行動水上部隊として横須賀基地を出港したことを知った。

# 第九章

その日のお昼、珍しく井出さんから食事に誘われた。

「三宅はさ、将来のこととか考えてる？」

おごられたスープカレーのお店で、井出さんは少しだけ声を潜めてそんな話をした。

「副編集長と、三宅にもそろそろ大きい仕事任せてもいいかもねって相談してね。夏に公開予定の増刊号、メインのページ三宅に任せるから企画書出してごらん」

ラム肉のカレーを熱そうに食べながら言った井出さんの話に、私は素直に喜んだ。

「ありがとうございます、頑張ります！」と張り切って頷くと、井出さんは「うん、頑張りな。もし評判よければ、いずれは増刊号は三宅に任せることになるかもしれないから」と、さりげなくとんでもないことを言った。それってつまり、増刊号の編集長ってことだよね？

勤続五年目になるこの春。出世への道がいきなり開けたことに、どうしようもなく胸が高鳴った。

食事を終え井出さんと揃ってお店を出て、空を見上げた。冬や夏とは違うぼんやりとした雰囲気の青空。温かい風に、散り際の桜の花びらが舞っている。

季節は春――四月。

涼太さんが日本を発ってから一ヶ月が過ぎていた。

あれから私はひとりで涼太さんを待つ傍《かたわ》ら、ふたりの将来を考え続けている。海自のことも色々勉強した。部外者なので知りたいことの全てがわかるわけではないけれど、知識は安心を生んだ。艦や任務のことを少しずつ知るたびに、涼太さんを身近に感じられる。彼が今どこでどんな景色を見て何をしているのか、それが想像出来るだけでも寂しさはだいぶ薄れた。

涼太さんらが護衛しているのは、インド洋にあるアジアとヨーロッパを結ぶ海上輸送路を通過する日本の船舶だ。言い換えれば、資源や食料品など日本への様々な輸入品を守っているということになる。

それを知ってから、私の目に映る景色は少しだけ変わった。

ランチのお店のおしゃれな食器も、ようやく完成した商業ビルの資材も、食材にこだわっていた『Cuisine de génie』のチーズやワインも、身の回りのちょっとしたあれやこれやの原料や燃料も。もしかしたら護衛艦が守ってくれた船舶が日本まで運んだのかもしれないと思うと、毎日に小さな感動が生まれた。

当たり前に過ごしている私たちの日常を、今もこの世界のどこかで守ってくれている人がいる。たったそれだけのことに気づいただけで、一日一日が大切でかけがえのないものに変わっていった。

休日は時々、横須賀へ行く。そこに涼太さんがいないことはわかっているけれど、ヴェルニー公園から海を眺めたくて。

涼太さんの艦はこの湾港から繋がるどこかの海にいるのだと思うだけで、彼と繋がっていられる気がするから。

五月のとある休日。ヴェルニー公園のデッキから海を眺めていた私に、ある出会いがあった。

「ママー！　早く、早くー！」

幼稚園児くらいだろうか、小さな男の子が勢いよく駆けてきて私の隣に立ち、柵を両手で掴んで海を見つめた。その後をさらに小さな子供を抱いたお母さんが「もう、危ないから先に行かないで」と小走りで駆けてくる。

「ねーママ、『すいてん』どこ？　見える？」

ふいに男の子の口から『すいてん』という名前が出て、私は密かにドキリとした。

もしかして『すいてん』の関係者の家族だろうか。もしそうなら話がしてみたいな、なんて考えて隣の母子《はは こ》をチラチラと横目で窺う。

「『すいてん』はここからじゃ見えないかなー。今は遠くの国でお仕事してるからね。もうすぐビデオレターが届くと思うから、そしたらパパと『すいてん』がお仕事してるところが観られるよ」

子供を宥める母親の話に聞き耳を立てながら、心の中で『ビデオレターいいなあ！私も観たいなあ！』と羨ましくて叫んだ。というかやっぱり、『すいてん』の乗務員のご家族らしい。

そのとき、海を見てはしゃいでいた男の子が「もっとあっちで海見る！」と急に方向転換して走り出した。左右も前方も確認しないでダッシュしたその子は、当然隣の私にぶつかる。子供ってどうして目に見えてる障害物にぶち当たってくるのだろう。

「きゃあ！　ごめんなさい!!」

叫び声をあげたのはぶつかった男の子でも、ぶつかられた私でもなく、それを止められなかったお母さんだった。片手で弟らしき小さい子を抱きながら、もう片方の手ですっころんだ男の子を慌てて立たせ、私に向かってペコペコと頭を下げる。

「ごめんなさい！　お怪我ありませんか？　うちの子、全然前見てなくて……本当にすみません」

勢いよくぶつかられたものの、子供の体重くらいでは別に痛くもなんともない。それなのにあまりに頭を下げられて、私の方が恐縮してしまった。

「いえいえ、全然大丈夫です。それより息子さんの方が大丈夫ですか？　結構勢いよく顔をぶつけたような」

「あ、全然大丈夫です。もういつものことなんで。ね、斗真《とうま》？」

お母さんが呼びかけたときには、その子はすでに違うところから海を眺めていた。確かに大丈夫そうだ。

その光景を見て思わずプッと噴き出してしまったとき、お母さんが「……あれ？」と呟いて私の顔をマジマジと眺めた。

「あの、もし違っていたらごめんなさい。もしかして堤さんの……えっと、お知り合いの方じゃないですか？」

「えっ!?　そ、そうですけど」と驚いて目をまん丸くした私に、彼女はニコッと悪戯っぽく口角を上げて言った。

「以前、駅でお見かけしたことがあって……。あ、私、武蔵梓と申します。夫が堤さんと同じ『すいてん』に乗っていて、仲良くさせていただいてるんです」

「武蔵さんの奥様!?」

予想外の出会いに、すっとんきょうな声を出してしまった。

以前、駅で私と涼太さんが抱き合っていたのを目撃して、武蔵さんと神林さんに報せたのが彼女だったことを思い出し、顔が赤くなる。

「あ、えっと。三宅青藍と申します。あの……その節はお恥ずかしいところをお見せいたしまして……」

動揺して変なことを口走ってしまえば、梓さんは「あははっ」と快活な笑い声をあげて、「こちらこそ、つい夫に話しちゃってごめんなさい。あれから祐ったら私が止めるのも聞かないで堤さんちに突撃しちゃって。お邪魔だったでしょう？　帰ってからたっぷり叱《しか》っておいたから」と、ニコニコと楽しそうに話した。

武蔵さんの奥様だとはビックリだったけど、とても親しみやすそうな人だ。

「今日は、海を見に？」

何気なく言った梓さんの質問に、私は返事に窮《きゅう》してしまった。

涼太さんがここにいないのに海を眺めにきてるなんて、おかしいだろうか。重くて湿っぽい性格だと思われたら恥ずかしいなと思って言葉に迷っていると、梓さんはこちらの返事を待つまでもなく「私もそうなのよ」と同意した。

「祐が出港したときは、こうやって子供たちとここによく来るの。別に『すいてん』が見られるわけじゃないんだけどね。でも、この湾から繋がってる海のどこかにいるんだって思うだけで安心するから」

梓さんの話を聞いて、私は思わず胸を熱くしながら何度も頷いた。

嬉しい。私もまったく同じ気持ちだ。陸に残された者同士のシンパシーを勝手に感じて、嬉しくなった。

そんな私の様子を見て梓さんは微笑むと、「三宅さん、時間ある？　よかったらうちに来てお茶でもしていかない？」と、お茶に誘ってくれた。

「三宅さん、初めてでしょ。堤さんの長期航海。こういうのはね、同じ待つ立場の人と励まし合って笑い合って乗り越えるのが一番なの。ひとりで待ってるとどうしても寂しくなっちゃうからね。さ、行こ」

「はい！　ありがとうございます！」

想像もしていなかった嬉しい出会いだった。まさか、同じ気持ちを分かち合って励まし合える人と出会えるなんて。

梓さんとは、それからすぐに仲良くなった。

本当にこの出会いは私にとって幸福で、彼女のおかげで海自の任務だけでなく家族支援のことなども具体的に知ることが出来た。

けれど何より、陸で待つ立場の気持ちを共有出来る友達が出来たことが嬉しい。

梓さんは五歳と三歳の兄弟を持つ母親で、とても活発で明るい人だった。親切な彼女は、初めて長期航海の帰りを待つ私のことを心配して、色々な話をしてくれただけでなく何度も食事に誘ってくれた。

梓さんは二十代前半で武蔵さんと結婚して、転勤で各地を転々としながら今は横須賀二年目らしい。おそらく来年には、また転勤があるだろうと言っていた。

「転勤も慣れちゃえば楽しいよ。全国旅行してるようなものだし。沖縄はすごく良かったなあ。温かいしご飯は美味しいし。あ、斗真は沖縄で生まれたの」

そんなふうに話す梓さんは転勤なんてどうってことでもないかのように明るく見えたけれど、ある日連れていってくれた場所で、私は彼女の本当の胸の内を知ることになる。

そこは、基地の総監部から少し離れた閑静《かんせい》な住宅街で。一軒の建築中の新居を前にして、梓さんは「家買ったの。だから私と子供たちは、流浪《るろう》の民《たみ》はもう終わり」と、少し寂しそうに笑った。

長男の斗真君が小学校にあがるタイミングで、武蔵さんが単身赴任になることを決めたのだと、梓さんは語った。子供たちを転勤で振り回して友達と何度も別れさせるのは可哀想だから、と。

「どう？　いい家でしょ？　うちの親が藤沢《ふじさわ》市にいるんだけど、思いきって二世帯住宅にして一緒に住むことにしちゃったの。育児も手伝ってもらえて助かるし」

日当たりがよくて庭の広いその家は、確かに温かい家族の象徴《しょうちょう》みたいだった。けれど。

「祐もずっと一緒に暮らせたら、もっとよかったんだけどね――」

午後の優しい日差しを浴びる家を眺めながら、梓さんは困ったように笑ってそう言った。

「やっぱりすごく悩んだよ。一緒にいたくて結婚したんだもん、祐も私も離れ離れになんかなりたくない。でも、ふたりで話し合って、時には喧嘩もして泣いて、それで決めたの。別々に暮らしたって、年に数回しか会えなくったって、私たちは夫婦で家族だから。ちゃんと気持ちが繋がっていれば、どこにいたってその絆《きずな》は変わらないでしょ。私は子供たちとこの街で生きる。そして祐がいつか帰ってくるこの家を守り続けるの。それが私の、自衛官の妻としての意地と誇りかな」

最後に「カッコいいでしょ？」とおどけるように満面の笑みを見せた梓さんが、私の目には本当に眩しいほどカッコよく映った。

「私も梓さんみたいに強くなりたいな……」

無意識に口から零れた羨望《せんぼう》は、心の底から思ったことだった。

夫婦だからと言って、常に一緒にいれば必ず幸福なわけじゃない。うちの両親のように毎日そばにいても険悪な夫婦もいれば、梓さんのように離れて暮らしても絆は変わらないと笑って言える夫婦もいる。家族や夫婦の形はそれぞれで、そこに正しい在《あ》り方《かた》なんてきっと存在しない。

私もいつの日か、涼太さんがそばにいない暮らしを選択しても胸を張ることが出来るようになるだろうか。それはきっと、これからの時間が、互いを想い合う心が育んでくれるはず。

梓さんは私の背中を元気づけるように叩くと、「簡単じゃないよ～ここまで根性据《こんじょうす》わるのは。まあ、最後は結局愛よね、愛。三宅さんも堤さんとしっかり愛を育てないと」と、元気よく笑って言った。

涼太さんがいない日々の中で、私は私の暮らしを生きて、生活の中に涼太さん達が守った平和の欠片を見つけて、新しい出会いを経て、彼と生きるための未来を考える。

六月になってから、私は自動車免許を取るために教習所へ通っている。これも、彼と生きる未来のための準備だ。

自分で決めた限界に囚われていたと気づいたとき、私は本当の自由が欲しくなった。雪に閉ざされた街だから動けない、東京以外は自由じゃない。そんなことはないのに。

私にはどこへでも行ける足がある。涼太さんが当たり前の日常を守ってくれているから、どこへだって行くことが出来る。どこで生きていたって、私はもう自由なんだ。

教習所通いと仕事の両立はなかなか大変だけれど、会社がフレックスなのが幸いして勤務前の早い時間を利用して講習を受けている。

おかげで早寝早起《はやねはやお》きが身に着いたし、翌朝にアルコールが残っているといけないのでお酒も控えるようになった。思わぬ健康効果付きだ。

順調にいけば夏には講習が終了するはず。出来ることなら涼太さんが帰ってくる前に免許を取って、自慢して見せたい。

六月のある日、仕事が終わって帰宅途中の電車に乗っていると、梓さんからの着信があった。

『出国行事のときの写真、堤さんも写ってたから送るね』

そんなメッセージと共に送られてきた写真には、『すいてん』ら海賊対処行動水上部隊が一月に出国した際に見送ったときの風景が。

紺《こん》色の制服を着て整列する隊員たち、その前を敬礼《けいれい》の姿勢で歩く涼太さんの姿が写っていた。

「わ……！　わ、わ！　制服姿、初めて見た……！　～っ、カッコいい～!!」

思わず黄色い悲鳴を上げてしまいそうになり、私は慌てて手で口もとを押さえる。

海上自衛隊の制服が凛々しいことは知っていたけれど、こんなに涼太さんに映《は》えるなんて想像以上だった！

六つの金ボタンが輝く濃紺のダブルのスーツジャケット、特徴的な袖の金線と階級章、左胸には金色に光る水上艦艇徽章《きしょう》と体力徽章が飾られ、その下に功績を表す防衛記念章がいくつもついている。黒いつばに金の顎紐《あごひも》がついた白い帽子《ぼうし》には、幹部であることを示す桜と錨《いかり》と輪金《わきん》の帽章《ぼうしょう》。それらを着こなし堂々と背筋を伸ばす涼太さんの姿は、私を感動とときめきの渦《うず》に落とすほど格好良かった。

さっそくそれをスマートフォンのロック画面に設定すると、私は顔がニヤけそうになるのをこらえながらつくづく眺めた。

これから長い任務へ向かおうとする涼太さんの顔は、涼やかで、けれども凛《りん》と力強く美しい。私といるときとは違う、海上自衛官三等海佐・護衛艦『すいてん』航海長の顔。

スマートフォンの画面を眺めながら、私はなんとなく「よかった」と思った。

涼太さんは格好いい。いつだって、どんなときだって。しっかりと背筋を伸ばし、静かな情熱を秘めた綺麗な瞳で前を向いている。

私の知らないときでも彼が凛然《りんぜん》と美しいことが、なんだかとても嬉しかった。

七月。休日にヴェルニー公園へやってきた私に、あまり嬉しくない再会があった。

「あ」

ベーカリーの子だ。去年の秋に会って以来の再会となる。

すれ違ったとき無視するか迷ったのだけど、それも大人げないと思い「あー……こんにちは」と、ためらいつつも挨拶をした。

そんな私に彼女はフンと強気に鼻を鳴らすと、「警戒しなくていいですよ。私もう彼氏いるし」と、なんだか怒っている様子で話しだした。

「あ、そうなんだ。……よかったね」

そういえば彼女は涼太さんに告白したのだろうか。涼太さんは何も言っていなかったけれど、彼女の態度から見るにあっさり振られたのではないだろうか。

そんなことを思っていた私の考えを読んだのか、彼女は「言っとくけど、私、堤さんに振られたりとかしてませんから。ムカついたから告《こく》るのやめたんです！　なんなんですか、あの人！　天然すぎじゃない!?」と先回りして弁解《べんかい》し始めた。

「え？　天然？　涼太さんが？」

いったい何があったのだろうと不思議に思って尋ねれば、彼女はプンスカと思い出し怒りをしながら喚くように話しだした。

「あの人、海演から帰ってきてから、ベーカリーで私が何を話しても生返事《なまへんじ》だし！　街で会ってもスルーだし！　こっちから話しかけたらあからさまに『誰？』って顔してるし！　毎週コーヒー買いにきてるくせに顔も覚えてないのかよっていう！」

話を聞きながらあまりにも意外な顛末にポカンとしてしまった。涼太さんってそんなに天然だったっけ？　と考えたけれど、海演の後といえば例のプロポーズの直後だ。私も腑《ふ》抜《ぬ》け状態だったけれど、涼太さんも随分と悩んでいたみたいだし、きっと仕事のとき以外では気を遣う余裕もなかったのだろう。

ましてや女性に関心のない彼のことだ。漠然としか覚えていなかったバイトの子が、ベーカリーの制服を脱いで髪型とお化粧も変えてしまったら、わからなくなっても不思議はない。

「あー、うん……まあ、天然かもね」

追い打ちをかけるのも気の毒なので、適当に相槌を打っておく。彼女は「そーいうことなんで。私もう顔がいいだけのオジサンに興味ありませんから！」と言い捨てて行ってしまった。

〝顔がいいだけのオジサン〟は酷いな、と反論したい気持ちはあったけれど、もちろんしない。せっかく去った嵐に自分から突っ込むような真似はしたくない。

「それにしても涼太さん、恐ろしいほど私以外に目が向かないな……」

彼はきっと、同じ街の少女が勝手に失恋していったことなど一生気づかずに過ごすのだろう。

このことはもちろん言わない。私の胸にしまっておく。密かに恋のバトルがあったことなど、涼太さんは知らずに生きていってほしい。

こうして私はこの夏、名前も知らないライバルの砕け散った恋心に密かに合掌したのだった。

八月になって『ヴァリエタース』増刊号が公開になり、私の担当した特集に大きな反響が寄せられた。

今後も需要があると見込まれたその特集は増刊号だけで扱うのはもったいないと井出さんが判断し、来年年明けを目処《めど》に『別冊ヴァリエターース』として独立させることが決まった。編集長は……私が就任予定だ。

『ヴァリエターース』より規模は小さく発行回数も隔月《かくげつ》とはいえ、初めてひとつの部署を取りまとめることになる。喜びもひとしおだけれど、プレッシャーもひとしおだ。

けれど今までの色々な経験のおかげで、多忙を飼いならすことにも慣れた。無理をひとりで抱え込むようなことはもうしない。

声をあげれば助けてくれる人がいる、励ましてくれる人がいる。仕事は人と人との繋がりだ。独りよがりにならず誠意をもって向き合うことを忘れない限り、きっとうまくいくと思う。

『別冊ヴァリエターース』の創刊が決定して社内で発表された日の午後。

コーヒーショップにコーヒーを買いに行こうとした私は、玄関ロビーで手にチルドカップを持った瀧沢さんと会った。

「あら、残念。私も買いにいこうと思ってたんだけど入れ違いだったね」

「ニアミスっすね。今日、新メニューの発売日だから混んでますよ」

「そうなんだ。私も新メニューの買おうっと」

瀧沢さんとは彼の宣言通り、ただの同僚としての距離を保って接している。もちろんもうふたりで食事に行くことはないし、みんなで飲み会に行っても彼とふたりになる場面もない。せいぜいこうして玄関ロビーで偶然会って、一緒にコーヒーを買いにいくことがたまにあるくらいだ。

「あ、そうだ。これあげます」

瀧沢さんはそう言って、ポケットから出したクッキーの小袋を私に手渡した。コーヒーショップで一緒に買ってきたものっぽい。

「編集長就任のお祝《いわ》い。おめでとうございます」

「あー、どうもありがとう」

お祝いの気持ちをありがたく受けとれば、瀧沢さんはしみじみとした口調で「いやあ、でもすごいっすね」と言った。

「そう?」

「三宅さん見てると女の人って弱いんだか強いんだかわかんなくなります。落ち込んでるときは慰めてやりたいって思ったのに、今の三宅さん見てると今度は敵《かな》わないなって思ったり。女の人ってなんか不思議っすよね」

瀧沢さんの言葉に私はキョトンとしたあと、ククク と肩を震わせて笑ってしまう。

「そうかもね。まあいつまでもメソメソしてられないし。それにタフでなきゃ自衛官の恋人なんて務まんないしね」

「逞しいですね。かっけーっす」

私はもらったクッキーをバッグの中にしまうと、「じゃあね。どうもありがとう」と手を振って玄関ロビーを出た。

八月の空は日差しが刺すように暑くて、けれども私の胸と同じくらい清々しく澄んでいる。

去年より青い空が近くなったように感じるのは、私の背筋が去年の夏より伸びたからかもしれない。


――九月。

涼太さんが出航してから半年が過ぎ、海自のＳＮＳの近況報告や梓さんとの会話でも帰国の気配が漂ってきた。

正確な帰港日は関係者や家族以外には事前に発表されないけれど、帰国行事が終わればすぐに海自のＳＮＳに公開される。私は九月に入ってから毎日ソワソワとＳＮＳ

をチェックした。

十月に入ってすぐの、ある日の夕方だった。取材先から戻る電車の中でSNSをチェックしようとスマートフォンを開いた私は、梓さんからのメッセージが来ていたことに気づき、目を瞠る。

『帰ってきたよ！』

胸が大きく高鳴った。ドキドキとして、呼吸の仕方さえ忘れそうになる。震える指でメッセージアプリを開くと、短い動画が添付《てんぷ》されていた。慌ててイヤホンを差し込み再生すると、画面に映し出されたのは港に着港《ちゃっこう》した『すいてん』。そして続々と艦から降りてくる隊員たちの中に……涼太さんがいた。

出国のときとは違う、夏用の白い制服が青い夏空に映えている。少し日に焼けた顔は元気そうで、動画を撮っている梓さんが『堤さん！　これ、三宅さんに送るやっ！』と声をかけると、涼太さんはカメラの方を向いてはにかんだように微笑んだ。

「……涼太さん……」

スマートフォンの画面に、涙がひと粒落ちた。

電車の中で泣くのは恥ずかしくて、ギュッと硬く目を閉じて込み上がってくる涙をこらえる。胸がドキドキして治まらない。安堵と喜びが心から溢れそうで、私は静かに深呼吸をした。

この感激を、きっと私は一生繰り返していくんだ。そう思った。

怪我もなく無事に帰ってきた彼の笑顔を見るたび、私は神様に感謝したいほどの幸せを覚える。そして涼太さんのことをどれほど愛しているのかを、痛いほどに思い知る。もう涼太さんのいない人生なんか、考えられないほどに。

今すぐ会いに飛んでいきたくてたまらない気持ちを胸に押し込めて、私はこれからのことに想いを馳せる。

帰ってきたらその日に会いにいこうと、前から決めていた。会社のロッカーに一泊用の荷物を置いておいてあるので、仕事が終わったらまっすぐ横須賀に行こう。その頃には涼太さんも帰宅しているはず。

明日の朝はゆっくり目に出勤で、そのまま横須賀から会社へ向かおう。

ああ、涼太さんの話もいっぱい聞きたいし、私から話したいこともいっぱいある。

ひと晩じゃ時間が足りないかも。

免許を取ったこと、教えなくちゃ。これで私、電車やバスに頼らなくてもどこへだって行ける。自分の力で、どこへまでだって行けるよって。チェーンの巻き方も覚えたから、雪国への転勤だってへっちゃらだよって、教えてあげなくちゃ。

それから、『別冊ヴァリエターズ』の編集長になることも。

増刊号から派生した『別冊ヴァリエターズ』は地方都市の女子のための情報マガジンで、新しく募集したライターは日本中に散らばっていてリモートワーク中心の部署になる予定だ。

これで日本中どこへ行ったたって『ヴァリエターズ』の仕事が続けられるんだよと言ったら、涼太さんは感心してくれるだろうか。そりゃ月に一、二回は東京の本社への出張も必要だろうけれど、長期航海に比べたらそんなのはささやかなものだ。

ステップアップした私の仕事を、涼太さんはきっと喜んでくれると信じている。

私はわがままだから、涼太さんと結婚してずっと一緒にいたいし、仕事のキャリアを手放すのも嫌だ。

でも、それってお互い様だから。

涼太さんが私のことも自衛官の仕事も手放せないのと同じ。私も私の大事なものをあきらめたくない。

以前ベーカリーの子が私に向かって、『あなたに堤さんは合わない。自分のことだけでいっぱいいっぱいって感じで、支えるタイプに見えないもん』なんて言っていたけど、本当にその通りだなあなんてつくづく思う。私は自分のことが大切だから、とても従順に彼を支える恋人や妻にはなれない。でもね。

私は涼太さんのそばで自分の人生を楽しむことは出来る。自分の自由を失わないいま、涼太さんと幸せになることは出来るんだ。

今夜も、これからも、もっと涼太さんと話をして、私達はもっともっと幸せになる。

考えれば考えるほど早く会いたくなって、私は深く息を吐くともう一度動画を再生した。

真っ白な詰襟《つめえり》の制服は、夏の日差しより眩しい。紺の冬服も素敵だったけれど、白い夏服の方が海の制服って感じがして好きだ。

前を向く涼太さんの顔には、無事に任務を終えて帰国した誇らしさと安堵が浮かんでいるように見える。出発のときとはまた少し違う、海上自衛官・三等海佐、護衛艦『すいてん』航海長・堤涼太の顔だ。

ブレることなく前を見つめる瞳は、この半年で何を映してきたのだろう。重く大事な任務を背負って、艦橋から青藍の海と空を見つめ続けてきたのだろうか。

その凛々しい顔が、梓さんの呼びかけで振り向き、私の名前が出たときにふっと綻ぶ。私のよく知っている、大好きなはにかんだ笑顔。

この純朴な笑顔に、私は何回だって恋をする。

「……おかえりなさい。涼太さん」

離れていても想いはずっと繋がっていたと、感じられた気がした。

夕暮れの東京を走る電車は、今日も混んでいて乗客もみんな少し疲れていて。けれども電車はなんの問題もなく規則正しく走り続け、今日もこの国はとても平和で。

このありきたりな日常を守って無事に帰ってきてくれた彼に、私はなんて感謝とねぎらいの言葉を掛けようかと、ひとり幸福に酔いながら思った。

# SIDE 涼太（2）

八月二十六日。

インド洋での任務が無事終了した。

現地の人や後任の隊員達に見送られ、『すいてん』は日本へ帰るために出航した。

帽子を振って見送りに応える隊員達の顔も、みんなどことなくホッとしている。

作業服の半袖から覗く自分の日に焼けた腕が、この異国の地に長くいたことを物語っている。

事前の準備などもあり、青藍さんと連絡が出来なくなったのが二月の終わり頃。彼女と会うことはおろか声も聞けなくなってから半年が過ぎようとしている。

「今、『早く帰って彼女に会いたいな～』とか考えてただろ、スケベ」

士官室での昼食中、向かいの席に座った武蔵に突然そんなことを言われ、カレーを噴き出しそうになった。

「……思ってない」

否定したものの半分……八割は当たっている。恒例の金曜日のカレーを食べながら、青藍さんも今日はカレーを食べてるのだろうかと考えていたからだ。

「嘘つくなって。彼女が出来てから初めての長期航海のときはみんなそうなんだよ。任務が終わってホッとすると、頭の中は彼女のことでいっぱいになるもんなんだよ」

「任務は終わっても、まだ親善《しんぜん》訓練だってある。無事に帰港するまでは何があるかわからない。特に航海科は船を安全に運行する責任がある。浮かれてる場合じゃない」

俺を茶化そうと手ぐすね引いている武蔵に隙を見せまいとピシャリと言いきれば、よりによって神林さんが隣の席にやって来た。

「武蔵、無駄だって。海の上じゃこいつは真面目の塊《かたまり》になるんだから。そういう話は陸に上がってから聞かないと」

陸に着いてからだって余計なことは言いたくないと思っていると、武蔵は「ふ～ん」と何かを含んだ口調で俺の方にチラチラと視線を送ってきた。

「素直に『彼女に会いた～い』って言えば、いいこと教えてやろうと思ったんだけどなあ。残念だなあ。こないだ家族電話で梓から面白い話聞いたんだけどなあ。そっかあ、航海長殿は海上にいるうちは可愛い彼女のことなんか無関心なのか～残念だな～」

武蔵の言葉に、思わずスプーンを持った手が止まる。

三ヶ月前、武蔵の奥さんが青藍さんと偶然会って友達になったということを聞いたときも驚いたけれど、想像以上に頻繁に交流しているみたいだ。

青藍さんの情報が得られるのは嬉しいと思いつつ、武蔵にまで筒抜けなのが悔しい。

羞恥とかプライドとか責任とか色々な気持ちが交じり合い葛藤したあと、俺はひとつ咳払《せきばら》いをして心を落ち着けてから、「……教えてください」と武蔵に屈《くっ》した。

「三宅さん、休みの日になるとしょっちゅうヴェルニー公園に海を見にきてるんだってさ。『この海の向こうに涼太さんがいるから』だって。健気《けなげ》だね～」

俺はどんなときでもわりかし落ち着いていて、特に艦に一歩でも乗れば冷静に任務にあたるために感情を制御《せいぎょ》出来ると思っていた。けれど。

「ぶふっ！　おい、堤。顔真っ赤！」

神林さんに指摘されるまでもなく、自分の顔が熱くなっていくのを感じる。

「ご馳走様でした」

慌てて席を立ち士官室から出ていった。通路を歩く自分の足音より、早鐘を打つ鼓動の方が大きく耳に響く。頭が完全にパニクっていて、どこへ向かっているのか自分でもわからないまま足を前方に動かした。海に飛び込んで頭を冷やしたい気分だった。

そんなことを思っていたからか、気がつくと甲板《かんぱん》に出ていた。顔に当たる海風が、気持ちを少しだけ冷静にしてくれる。

艦を三百六十度囲む海と空。

ここから日本まで約一万二千キロ。日本はまだ蜃気楼《しんきろう》すら見えない。

無限のように果てしなく続く海を見ながら、まだ高鳴っている胸を片手で押さえた。

——会いたい。この海と空の色と同じ名前を持つ、あの人に。会いたくてたまらない。

ヴェルニー公園でいじらしく海を眺めている彼女を想像したら、気持ちが抑えきれなくなった。今すぐこの腕に抱きしめたいのに出来ないもどかしさが、熱になって体を駆け巡っている。

この海のずっとずっと先で、彼女は俺の帰りを待ち侘びて立ってくれているのだろうか。俺と同じように見えない彼方《かなた》に目を凝らして、この水面が地球の果てまで繋がっていることを心の支えにして。

インディゴブルーの海を眺めれば、彼女の無邪気な笑顔を思い出す。幸福な記憶は連鎖的に胸に蘇り、冬の夜に知った彼女の柔肌《やわはだ》を思い出してますます切なさが募った。

悔しいけれど、本当は武蔵の言う通りだ。恋人が出来て初めての長期航海というのは、こんなにも苦しい。本当は休憩時間に海を眺めるたび、青藍さんに想いを馳せていた。

早く会いたくて、『おかえりなさい』と微笑んでほしくて、あの柔らかな体を抱きしめたくて。切なさに何度も胸が潰れそうになった。

けれどその傍らで、必ず任務を遂行《すいこう》して無事に帰るという強い意志も湧いてくる。陸で待ってくれている彼女に誇れる姿を見せられるように、自分の役割を全《まっと》うしようと背筋が伸びた。

恋は心の枷にも糧にもなり得るのだな、なんて気づいた夜にはひとりで苦笑を浮かべたっけ。

海風を深呼吸して空を仰ぐ。頭の上に照りつける太陽はギラギラしていて、いつかの夏の日を思い出させる。

――青藍さんと出会って一年。色々なことがあった。

色恋とは無縁だった俺が、生まれて初めて真剣な恋に落ち、時には喜びや感激に密かに打ち震えて、時には夜も眠れないほどに悩んだ。

何度も彼女を不安にさせてしまって、そのたびに自分の不甲斐なさを痛感した。

結婚を申し込んだときに、彼女が怯えるように不安を吐き出した姿は忘れられない。

今思い出しても、胸が痛む。

けれどこの仕事を手放すという選択もどうしても出来ず、何が正解かわからないいま考え続けた。自衛官との恋がつらいと泣いた彼女を解放してやるべきじゃないかと何度も考えたけれど、その手を離したらきっと一生後悔するとわかっていた。

……俺は、彼女を運命の人だと思っている。恋愛なんてまったくする気のなかった俺の心にあっさりと飛び込んできた、海の色の名を持つ彼女のことを。

彼女が婚活パーティーに潜入取材で来ていたことには驚いたけれど、今となっては別にどうでもいい。あの場に彼女がいて、俺と出会ってくれたことがすべてなのだから。

結局、出せた答えは彼女の手を放さずあがくことだけだった。

生きていればきっと道は見つかる。たくさん話をして、ひとつずつ彼女の不安を取り除いていくしかない。どうしても取り除けない不安は、他の時間や手段で埋める。青藍さんの自由を奪わず、彼女が元気でい続けるために、力を尽くそう。

そう決意してから出航までの約二ヶ月。青藍さんに笑顔が戻ったことが、本当に嬉しかった。

ふたりで少しずつ、時には戻りつつ、けれども着実に前へ進んでいく。夫婦という、人生の伴侶《はんりょ》になるために。

俺は青藍さんに何度だって感謝したい。こんなにも誰かを愛することを、彼女は教えてくれたのだから。

日本に着くのは十月の予定だ。その頃にはもう随分涼しくなっているだろう。

帰国したら青藍さんにはいつ会えるだろうか。週末まで待ちきれない。会ったら何を話そう。彼女がどんな夏を過ごしたか、教えて欲しい。今年は一緒に行けなかった花火は、年末にでもどこかに観にいけないだろうか。

話したいことは尽きない。きっとひと晩かかっても時間が足りないだろう。

ああ、けれど。何より――愛していると、伝えたい。

見上げた空に、白い渡り鳥達が飛んでいく。

夏の空は吸い込まれそうに深く青く。この同じ空の下で、今日も青藍さんが俺を想い笑顔でいてくれることを願った。

## 番外編　蜜月の旅

海自、それも幹部というのは信じられないくらい忙しい。というか、目まぐるしい。緊急だったり長期だったり航海があって、さらに上級の部隊指揮官《しきかん》や将官《しょうかん》、幕僚になるための学校や選抜があったりもする。その上この先十年の間に、防衛省内局への出向《しゅっこう》や海外留学、大使館勤務などもある可能性が高いのだ。もはや船ですらない。

だからとにかく、安定した場所で取れる長期休暇はものすごく貴重で、海賊対処行動任務から帰ってきた『すいてん』がドック入りしたときに私達は結婚話を進め、挙《きょ》式《しき》と新婚旅行を同時に済ませることとなった。関係者の都合がある披露宴《ひろうえん》は、また改めて計画している。

そんなわけで十二月。私と涼太さんはグアムへやって来ていた。

滞在は五日間。初日にチャペルでふたりだけの挙式をしたあとは、ふたりでリゾートを満喫《まんきつ》することにした。

実は私、海外旅行は初めてだったりする。

初めての飛行機にも、エメラルドグリーンのビーチにも、英語だらけの街にも、興奮しっぱなしだ。

初日にロマンチックな挙式を終え、二日目はイパオビーチで思いっきり遊ぶことを楽しみにしていた……のだけれど。

「おはよう、青藍さん。起きれる？」

「……あと五分待って……」

朝九時。予定の起床時間より三十分過ぎても、私はベッドから起き上がれないでいた。先に起きて身支度を済ませた涼太さんが、私に何度も声をかけてくれているけれど、そのたびに「あと五分～」と往生際《おうじょうぎわ》悪く布団にしがみついている。

寝起きは悪い方じゃない。低血圧でもない。ならばなぜ起きれないって、昨夜なかなか寝かせてもらえなかったからだ。

昨晩、夫婦になった幸せを噛みしめてベッドに入ったのが夜の十一時。そしてやっと眠れたのが深夜三時過ぎだ。

お付き合い当初なかなか進展しない関係に、私は涼太さんはこういうことに対して案外淡白なのかと思っていた。

けれど彼と体を重ねれば重ねるほど、それは大間違いだったと気づかされる。

女性慣れしていない上、私に対して過保護だった涼太さんは、最初の頃はおそらく手加減してくれていたのだろう。けれど関係が深まるごとにそれは貪欲《どんよく》になっていき、晴れて夫婦となった昨夜は――。

「んー……あと三分……」

さすがにもう起きなくては朝食の時間に間に合わなくなるし、せっかくの遊ぶ時間も減ってしまう。頭ではそうわかっているのだけれど、どうにも疲れが抜けきれずベッドに潜ってグダグダしてしまう。すると。

「ごめんね。起きられないの、俺のせいだね」

そう言ってベッドに腰掛けた涼太さんが、私の頬にキスをしてきた。

「朝食はルームサービスにして、ビーチには午後から行く？」

優しい提案をしながら、涼太さんは私の頬にキスを繰り返し、髪を撫で、ついには自分も隣に寝そべって私を抱きしめてきた。

「午前はのんびりするっていうのも、悪くないね」

横向きに寝てる私を後ろからギュウッと抱きしめて頬を擦り寄せる彼の唇が、悪戯っぽく耳たぶを食む。思わずブルリと体を震わせれば、今度は耳たぶをねっとりと舐められた。

「……っ、は、ぁん……って、駄目！」

私はまどろんでいた頭を覚まし体を起こすと、涼太さんの甘い悪戯を阻止《そし》した。危ない、このままなし崩し的にまたしてしまうところだった。

いきなり飛び起きた私に涼太さんはキョトンとしていたけれど、すぐにご機嫌な笑顔になると「おはよう」と軽く唇を重ねてきた。

付き合いたての頃、自分だけが求めているのではと悩んでいた私に教えてあげたい。あなたの彼氏は無欲に見えて、本当は私との濃厚なスキンシップが大好きで、ふたりきりのときは隙を見せるとあちこちにキスをしてくる男ですよと。

まあ、私も涼太さんとイチャイチャするのは大好きなのでそれはいいんだけれども。でもさすがに今日は部屋に籠ってイチャイチャするだけで終わらせたくない。なんたって新婚旅行だし、せっかくグアムに来たのだから。

ようやくベッドから抜け出した私はシャワーを浴びてこようと浴室へ向かう。すると何を考えているのか、ベッドから降りた私を涼太さんが姫抱っこで抱きかかえてしまった。

「疲れさせたお詫び。浴室まで運ぶよ」

いやいやいや。確かに昨夜は脚に力が入らなくなるほど疲れさせられたけども。

「さすがに今朝は歩けるから。浴室まで数歩だし」

人前での姫抱っこはなくなったけれど、彼の匙加減がおかしい過保護は相変わらずだ。

それでも涼太さんは私を下ろそうとはせず、ニコニコと嬉しそうに浴室まで運ぶ。運びながら何度もキスをしてくる彼に、これは単に私とイチャイチャしたいだけだなと気がついた。


ホテルのレストランで朝食を済ませた私たちは一度部屋に戻り、ビーチへ行くための支度をした。ビーチはホテルの目の前という近さなので、服の下に水着を着て行くことにする。

部屋の洗面所で水着に着替えた私は、上にリゾートワンピースを着る前に涼太さんに見せにいった。

「見て見て。どうかなあ？　可愛い？」

涼太さんと海水浴に来たのは初めてなので、当然水着姿を彼に見せるのも初めてだ。

今日のために張り切って選んだ水着。新婚旅行だし、リゾート地だし、少しくらい大胆でもいいよねと思って、オレンジ色が可愛いホルターネックのビキニにした。

ところが、涼太さんならてっきり頬を染めて満面の笑みで褒めてくれると思ったのに、どういうわけか目をまん丸く見開いたあと困惑の表情を浮かべた。

「その恰好《かっこう》でビーチに行くの？」

まさかそんなことを言われるとは思わず、私の方まで「えぇー……」と困惑してしまう。

「どうして？　変？　似合ってない？」

しょんぼりと眉尻を下げれば、今度は涼太さんまで「似合ってるけど……」と眉を八の字にしてしまった。

「俺以外の人に肌をそんなに見せるの？」

心配そうに彼が言った言葉に、そういえばこの人なかなかのやきもち焼きだったということを思い出した。

「リゾート地だもん、みんな露出《ろしゅつ》の高い水着着てるよ。それに私のことなんか涼太さん以外、誰も気にしてないって」

こちらの反論に涼太さんはハーッとため息をつくと、「そういう問題じゃないって」と言いながら、手近にあったシャツを私に羽織らせた。

「俺が嫌なの。青藍さんの体を他の男性に見られるのが」

以前は妬くことを隠していた涼太さんだったけど、今ではこのようにすっかり素直だ。それだけお互いに心開ける仲になったということなので喜ばしいのだけれど、正直、今ばかりはちょっと面倒くさい。

けれど、付き合いが長いということは私なりに彼の攻略の仕方もわかっているということだ。

「どうしても駄目？　この水着で涼太さんと遊ぶの、凄く楽しみにしてたのに……」

私がいじけたようにシュンとして見せると、彼の顔色が変わった。口を引き結んで、どうするべきか苦悩している。

涼太さんが、仕事以外は何事も〝青藍ファースト〟であることを知っている私は、ここぞとばかりにそれを利用することにした。

「涼太さんといっぱい思い出作りたかったのになあ。年が明けたらまた出港なんだよね？　楽しい思い出がいっぱいあれば、涼太さんが留守の間も寂しくないんだけどなあ。水着で遊んだ素敵な思い出、作りたかった……」

涼太さんの痛いところを突くという反則ギリギリの技を繰り出せば、彼はついに折れて観念《かんねん》したように深く息を吐き出した。

「……わかった。その水着でビーチに行こう。でも絶対にひとりで行動しないで、俺から離れないで」

「はーい！」

もぎ取った勝利に心でガッツポーズをし、我ながらしたたかになったもんだとほくそ笑む。

——けれども。

私はわかっていなかった。涼太さんの過保護と独占欲の度を越した匙加減ぶりを。

ビーチに出た私を、涼太さんは一瞬たりとも離さなかった。誇張ではなく、一瞬たりともだ。

移動するときは手を繋ぐか腰に腕を回し、海に入ればバックハグでくっついている。シュノーケリングのときでさえピッタリとくっつくか、手を繋いでいた。

「涼太さん、過保護通り越してこれじゃ守護霊《しゅごれい》みたい……」

とりあえずひと通り遊んだ私は、涼太さんに後ろから抱きかかえられながらパラソルの日陰に座って休憩していた。

涼太さんは長い脚の間に私を挟み込み、私の頭に顔を押しつけながら、どこかぼんやりとした口調で話した。

「……ずっと前、まだ青藍さんと付き合って二ヶ月くらいの頃にさ、武蔵に『体の関係がないから信頼関係が出来てなくて、嫉妬深くなるんじゃないか』って言われたことがあるんだけどさ。それって反対だよなあって、つくづく思うんだ。何度も体を重ねて青藍さんのこと知れば知るほど、嫉妬深くなるし独占欲も強くなる。結婚すれば少し落ち着くのかなと思ったけど、全然ならない。ならないどころか『俺の奥さん勝手に見ないでくれ』って、実は昨日からずっと思ってる。青藍さんのことどんどん好きになりすぎて、我ながらちょっと怖い」

彼の吐露する言葉を聞きながら、人はこんなにも変わるものなんだなあと密かに感心する。出会ったときは女性にも結婚にも関心なんかなかった涼太さんが、今やこんなにも愛妻家だ。

なんだかおかしくなってきて、クスクスと笑いながら「じゃあ航海でしばらく離れてたら、少し落ち着くかもよ」と冗談を言えば、涼太さんは「意地悪だなあ、青藍さんは」と拗ねたように顔を擦り寄せてきた。

「航海に出たくないとは思わないけど、体がふたつ欲しいとは思うよ。青藍さんを陸でひとりにしたくない」

「過保護ですねえ、私の旦那様は」

常夏の島の青空の下で、呑気《のんき》な会話をしながらまどろむ午後。

こんなに妻にべったり甘える涼太さんの姿、きっと『すいてん』の人達は想像もつかないだろうな、なんて思う。

けれど、それでいいのだ。私と離れ艦に乗り込んだ涼太さんは国防という重責を負って、凛然とした航海長の顔になるのだから。

新婚旅行が終わったら、またせわしない日々が戻ってくる。お互いの仕事の都合で、ろくに会話も出来ない日だってしょっちゅうあるだろう。

だから今は、いっぱい涼太さんを甘やかして、私も甘えて、ふたりだけの蜜月《みつげつ》を楽しもう。

涼太さんの過保護も独占欲もやきもちもみんな受けとめて、ずっとずっと一緒にいてあげる。この甘い旅が終わるまで、繋いだ手を離さない。

「平和だねー、涼太さん」

愛おしそうに私を抱きしめる涼太さんの体に凭れかかりながら、ただのんびりと甘い幸せを噛みしめた。

END

# あとがき

こんにちは、桃城猫緒です。このたびは『エリート海上自衛官は一途に彼女を愛しすぎている』をお読みくださり、どうもありがとうございます！

青い海に映える真っ白な詰襟……世の中様々なお仕事の制服はあれど、海上自衛官の制服は惚れ惚れする凛々しさがありますね……。

そんな制服への熱い萌えから生まれたこの作品、凛々しい制服に相応しいヒーローを描くのに、なかなかの苦労をしました。いやはや、調べれば調べるほど大変なお仕事です、自衛官。過去最高に資料を積んだ作品となりました。

今作を執筆するにあたってご協力くださった方々には、深く深く感謝いたします。本当にどうもありがとうございました！

そして、「ヒーローを海自にしてよかった〜！」と心から思えるような素晴らしい表紙イラストを描いてくださった白崎小夜様、担当者様、この作品に携わってくださったすべての方々、それから、この本をお読みくださった皆様に心からの感謝を。どうもありがとうございました！

桃城猫緒

マーマレード文庫

# エリート海上自衛官は一途に彼女を愛しすぎている

2021年3月15日　第1刷発行　定価はカバーに表示してあります

著者　桃城猫緒　©NEKOO MOMOSHIRO 2021
発行人　鈴木幸辰
発行所　株式会社ハーパーコリンズ・ジャパン
東京都千代田区大手町1-5-1
電話　03-6269-2883（営業）
0570-008091（読者サービス係）
印刷・製本　中央精版印刷株式会社

Printed in Japan ©K.K. HarperCollins Japan 2021
ISBN-978-4-596-41567-7



m a r m a l a d e b u n k o